Thomas Sautner
Die Älteste

AF203401

atb aufbau taschenbuch

THOMAS SAUTNER, 1970 geboren, lebt als Autor in seiner Heimat, dem nördlichen Waldviertel, und in Wien. Neben zahlreichen Essays und Erzählungen schrieb er u. a. die Bestseller »Fuchserde« und »Milchblume«, die im Aufbau Taschenbuch vorliegen, ebenso wie seine Romane »Fremdes Land«, »Der Glücksmacher« und »Das Mädchen an der Grenze« und »Großmutters Haus«.

Mehr zum Autor unter www.thomas-sautner.at

Sophies Krebserkrankung sei nicht mehr heilbar, sagen die Ärzte. Als letzten Ausweg sieht Sophie eine Fahrt in das Waldviertel, wo die Sippenälteste aus dem Volk der Jenischen angeblich in hoffnungslosen Fällen helfen kann. Die Spielregeln sind einfach: Mit einer Dose Tabak, einer Flasche Schnaps und Kaffee besucht man die Einsiedlerin und folgt ihren zum Teil irritierenden Anweisungen. Entgegen jeder Vernunft lässt sich Sophie auf das Leben in der Einöde ein und lernt eine Welt abseits des Alltagsstresses und der Übermacht des Intellekts kennen.

THOMAS SAUTNER

die
älteste

ROMAN

atb aufbau taschenbuch

MIX
Papier aus verantwor-
tungsvollen Quellen
FSC® C083411

ISBN 978-3-7466-3278-0

Aufbau Taschenbuch ist eine Marke der
Aufbau Verlage GmbH & Co. KG

5. Auflage 2022
Vollständige Taschenbuchausgabe
© Aufbau Verlage GmbH & Co. KG, Berlin 2017
© Picus Verlag Ges.m.b.H, Wien
Umschlaggestaltung www.buerosued.de, München
unter Verwendung eines Bildes von © Pete Saloutar
Satz LVD GmbH, Berlin
Druck und Binden CPI books GmbH, Leck, Germany
Printed in Germany

www.aufbau-verlage.de

Dieser Roman basiert auf wahren Begebenheiten.

Nach dem Anfang

Das Leben kann auf die verrücktesten Arten gelingen, auf eine aber misslingt es immer. Deshalb stehe ich heute hier, die Füße im kalten Wasser dieses tiefdunklen Teichs und neben mir krümmt sich die Alte und lacht. Sie zieht an ihrer Selbstgedrehten und schüttelt den Kopf, als hätte sie niemals etwas Witzigeres gesehen als mich. Seit zehn Minuten, vielleicht seit fünfzehn, keine Ahnung, die Uhr hat sie mir bei meiner Ankunft abgenommen, stecke ich hier fest, splitternackt und doch irgendwie angezogen, verpackt in eine Schicht allmählich trocknenden Torfschlamm.

Ja, schon gut, sage ich, weil die Alte erneut loslacht, bewege dabei kaum den Mund, da selbst mein Gesicht schwarzgrau einzementiert ist und ich fürchte, die Hülle zum Bröckeln zu bringen. Ja, ich weiß, sage ich mit geschürzten Lippen, ich sehe aus wie ein paniertes Karpfenweibchen.

Hierher zu ihr in den Wald gekommen war ich, weil ich zum ersten Mal in meinem Leben nicht mehr weiterwusste. Krebs, sagten die Ärzte, unheilbar.

In jener Nacht, in der ich beschlossen hatte, den Kampf aufzugeben und stattdessen für jene Dinge vorzusorgen, die nötig wären nach meinem Tod, träumte ich einen obskuren Traum. Ich war schwerelos, schwebte in einer weiten, dunklen Blase, die von einer angenehmen schwarzen Unendlichkeit umschlossen war. Ich, es war mir ganz selbstverständlich, war das Zentrum des Universums. Mir war bewusst, dass ich träumte, und ich hielt die Augen geschlossen, um diesen Zustand nicht zu verlieren. Ich genoss das Schweben und Fühlen und Erkennen in meiner Blase und beobachtete mit insektenscharfen Sinnen die Sternenkonstellationen rund um mich, die Planeten bei ihren Ellipsenbewegungen, ihren Achsendrehungen. Die Bilder waren von einer überwältigenden, kristallklaren Schönheit, da streckte plötzlich eine alte Frau neben mir die Füße aus und rülpste herzhaft. Na, du Nabel des Universums, wie hältst du es mit dir? Ich erwachte. Erstmals seit Wochen entkam mir ein Schmunzeln.

In den Morgenstunden dann, der Traum begann langsam zu verblassen, rief Barbara an, meine beste Freundin. Sie erzählte aufgeregt und etwas umständlich von einer Bekannten, die eine Bekannte habe, die ein Wochenendhaus im Waldviertel bewohne, und diese Bekannte ihrer Bekannten habe von einem alten Weiblein gehört, das im Wald hause und zu dem die lokale Bevölkerung pilgere, wenn die Ärzte versagten. Die Alte sei zwar ruppig, kenne aber stets eine Lösung. In einer Zeitung sei auch schon darüber geschrieben worden. Sie wisse schon, beeilte sich Barbara, dass ich von Heilerinnen und Kurpfuschern nichts mehr wissen wolle, aber ...

Gut, unterbrach ich sie. Ich fahre hin. Finde raus, wo die Frau lebt.

Wenige Stunden später war meine Festigkeit gebrochen. Ich hatte nicht die Geduld aufgebracht, Barbaras Rückruf abzuwarten und war im Internet auf den Zeitungsartikel über die Einsiedlerin gestoßen. Allem Anschein nach handelte es sich um keine reale Person, sondern um eine Sagenfigur.

Im Waldviertel, hieß es am Rande eines Essays im Literaturteil, kursiert die Geschichte einer kauzigen, doch hellsichtigen Greisin. Sie lebte im Wald und weil sie für ihre schlauen Ratschläge bekannt war, wurde sie einmal von einem jungen Mann aufgesucht. Er klopfte an die Tür der Alten und als sie öffnete und sich etwas mürrisch erkundigte, was er denn hier in der Einschicht bei ihr wolle, antwortete der Besucher wahrheitsgemäß, er suche nach dem Glück. Die Alte wandte sich um, sah in die Ecken ihrer winzigen Hütte und sagte: Du kannst wieder gehen, hier ist es nicht.

Lass dich doch nicht von einer Geschichte in einer Zeitung verunsichern, sagte Barbara über eine Geschichte in einer Zeitung, mit der sie kürzlich noch geworben hatte. Sophie, beschwor sie mich am Telefon, die Frau gibt's wirklich. Ich weiß auch schon, wie wir hinkommen. Ich fahr dich!

Zwei Stunden später saßen wir in ihrem alten Škoda Fabia. Ich hatte für eine Woche gepackt. Selbst wenn wir die Alte nicht finden würden oder ihr Besuch sich – wie zu erwarten – als Reinfall herausstellen sollte, wollte ich mich ein paar Tage zurückziehen, mir Zeit nehmen für mich und … und meine Vorkehrungen.

Wir nahmen die Nordbrücke raus aus Wien, hielten uns Richtung Prag, ließen Stockerau hinter uns, Maissau, Horn, Göpfritz. Es wollte kein rechtes Gespräch aufkommen. Zumeist sahen wir wie betäubt aus dem Fenster, ließen die spätsommerliche Landschaft vorbeiziehen. Es war, als brächten wir etwas Schönes unwiederbringlich hinter uns und als kündeten die abgeernteten Felder und die sich zu verfärben beginnenden Bäume am Straßenrand vom Ende einer gemeinsamen Zeit. Vielleicht gingen Barbara dieselben Gedanken durch den Kopf wie mir, dass es ausgemachter Schwachsinn war, was wir vorhatten, dass es rational betrachtet vergeudete Zeit war, vergeudete Hoffnung. Doch was mich betraf, pfiff ich mittlerweile auf rationale Betrachtungen. Rationale Betrachtungen nämlich führten mir vor Augen, dass meine beiden kleinen Kinder und mein Mann in ein paar Monaten gezwungen sein würden, in ein Erdloch auf meinen Sarg hinunterzustarren. Irrational betrachtet hingegen hatte sich eine alte

Frau in meinen Traum begeben, die für meine fantastischen Universumsbilder nicht mehr übrig hatte als ein sorgloses Rülpsen. Es schien mir eine geradezu köstliche Einstellung zum Leben, zu unserer Welt, unserer beschissenen rationalen, ungerechten, sinnlosen Welt. Barbara reichte mir ein Papiertaschentuch, tätschelte mir den Oberschenkel. Wir sind bald da, sagte sie.

Zwei Stunden waren wir gewiss schon unterwegs. Barbara, die Chaotische, die Zerstreute, die zu Verabredungen immer zu spät kam und simpelste Treffpunkte durcheinanderbrachte, hatte die Fahrtroute altmodisch aber akkurat auf einem Zettel skizziert, die Kreuzungen, an denen wir abbiegen mussten, säuberlich notiert. Konzentriert und verlässlich brachte sie uns voran. Ich verspürte einen Stich im Herzen. Ihre Art, wie sie dicht hinter dem Lenkrad saß, unbeholfen vorgebeugt, um nur ja keine Fehler zu machen, rührte mich. Sophie, heul nicht schon wieder, bat sie, wir machen das schon, sagte sie in hoffnungsfrohem Ton und musste anhalten, weil sie selbst mit einem Mal nichts mehr sah wegen ihrer Tränen.

Nachdem wir ein weiteres Mal abgebogen und durch eines der niedergeduckten Dörfer gekurvt waren, glitten wir in einen dichten Wald. Barbara reduzierte das Tempo, hielt Ausschau, klebte mit der Nase an der Windschutzscheibe. Und lenkte den Wagen schließlich nahe eines Hubertuskreuzes in einen Forstweg. Hier parken wir, sagte sie.

Wir hatten vereinbart, dass ich das letzte Stück alleine gehen würde, die Alte wünschte es angeblich so und es sei ja auch nicht mehr weit. Barbara erläuterte mir ihren von Hand gezeichneten Lageplan mit den telefonisch durchgegebenen Notizen der Bekannten ihrer Bekannten. Sollte ich mich verirren, sagte Barbara wie nebenbei und tat, als erwähnte sie es nur der Form halber, hätte ich ja das Handy. Die Alte ließe mich jedenfalls gewiss bei ihr in der Hütte übernachten, habe die Bekannte der Bekannten ihr versichert, versicherte mir Barbara. Ich müsse ihr nur das für solche Fälle übliche Gastgeschenk aushändigen. Barbara öffnete die knallfarbene Kunststofftasche einer Drogeriekette, die sie bisher vor mir geheim gehalten hatte. Fünf Dinge waren darin: eine Literflasche

Obstler, eine Literflasche Korn, zwei Kilo Kaffee und eine riesige Dose Tabak.

Da drinnen im Wald haust aber schon eine Frau und nicht Rübezahl?

Mach dir keine Sorgen, sagte Barbara, sicherheitshalber ohne Augenkontakt, und wuchtete meinen Samsonite-Trolley aus dem Kofferraum.

Wir umarmten uns, umarmten uns fest und lang, und zuletzt bekam ich – seit einigen Wochen wollte Barbara nicht mehr darauf verzichten – einen Kuss auf die Stirn gedrückt.

Für Notfälle, rief sie mir kurz danach hinterher, als ich kaum noch in Sichtweite war, für Notfälle (sie zappelte und hüpfte und wedelte mit etwas in der Luft) hast du ja dein Handy!

Ich winkte ein letztes Mal, drehte mich um und atmete nervös durch, Barbara würde es nicht sehen.

Wenige Hundert Meter weiter schon blieb ich erstmals stehen. Nicht aus Müdigkeit. Aus Sorge. Ich betrachtete den handgekritzelten Plan. Vergewisserte mich, dass ich noch auf dem richtigen Weg war, vergewisserte mich, dass auf der Rückseite des Zettels auch immer noch der Name und die Telefonnummer des lokalen Taxiunternehmens standen, auch der Name des nächstgelegenen Ortes sowie die Straßennummer und die Kilometermarkierung, an der ich in den Wald eingetaucht war. Zudem die Adresse einer kleinen Privatpension, in der ich zur Not Unterschlupf finden würde. Barbara, die nun auf der Fahrt zurück nach Wien war, die meine Eltern beruhigen und meinem Mann abermals Mut machen würde, die den Kindern erzählen würde, dass sie Mama zu einem mehrtägigen Seminar gefahren habe, Barbara war zuletzt über sich hinausgewachsen, hatte mir alles abgenommen, hatte an alles gedacht. Ich sah auf mein Handy. Kein Empfang.

Herzrasen. Aber wie lächerlich, dachte ich. Deswegen hast du Herzrasen? Nur weil du im friedlichen Wald stehst und keinen Handyempfang hast? Kein Wunder, dass es so weit mit dir gekommen ist!

Meine Selbstbeschimpfung half, ich wurde ruhiger. Ging weiter. Fand mich nun peinlich, weil ich dahergestolpert kam mit dem hier im Wald einfach lächerlichen silberfarbenen Hartschalen-Trolley und dieser pinken Beauty-Kunststofftasche samt Schnaps, Kaffee und Tabak.

Barbaras Skizze zufolge konnte es nicht mehr weit sein. Sehr gut, der verfallene Hochstand – wie auf dem Zettel, braves Mädchen, gute Freundin! Nun müsste die Hütte bald zu sehen sein. Ich bog in einen üppig mit Wollgras verwachsenen Weg. Garantiert habe ich mich verlaufen, dachte ich und war unweigerlich an mein Leben erinnert.

Ich erwog umzudrehen, einfach zurückzugehen. Da tauchte in einiger Entfernung, abseits des Weges, etwas Wuchtiges zwischen den Baumstämmen auf. Ich ging näher heran und erkannte, das war keine Hütte. Vor mir stand ein uralter, mit ausgeblichenen Brettern beschlagener Wohnwagen. Aus dem rostigen Ofenrohr, das windschief aus dem Dach ragte, qualmte dünner Rauch.

Der Anfang

Nachdem ich fand, wonach ich gesucht hatte, verunsicherte es mich. Verstörend war, dass bereits mein erster Eindruck der Realität nicht standhielt: Da kam kein Rauch aus dem Ofenrohr. Hinter dem Wohnwagen bewegten sich die Zweige und Blätter einer Espe im Wind.

Sicher zumindest schien, dass hier jemand lebte. Das Gras auf der kleinen Lichtung, an dessen Rand der alte Wagen in Farn und Wildblumen stand, als wäre er hier aus dem Boden gewachsen, war zu Pfaden niedergetreten. Ich ging näher.

Und erschrak vor einer durchdringenden, kreischenden Stimme. Atmete durch, als ich die Hühner bemerkte, die an der Unterseite des Wohnwagens in einem Drahtkäfig hockten. Sie reckten die Hälse, bauschten ihr Gefieder, gackerten, als empörten sie sich über mich und die von mir verursachte Störung. Ich hörte mich tatsächlich Entschuldigung sagen. Offenbar wurde ich langsam schrullig. Die Hühner beruhigten sich, glotzten aber weiterhin nach mir.

Grüß Gott!, rief ich laut – und lauschte ins Nichts. Niemand reagierte.

Obwohl ich mich auf die Zehenspitzen stellte, war ich zu klein, um durchs Fenster im dunklen Wageninneren irgendetwas auszumachen. Ich klopfte an die Tür, zu der drei hölzerne Stufen führten. Wie erwartet und absurderweise von mir erhofft: keine Reaktion.

Ich umrundete den Wohnwagen, sah mich nach allen Seiten um, ließ mich dann auf der massiven Deichsel nieder, deren Ende in den Boden gerammt war, überwuchert von Flechten und Moos. Wie lange mochte es her sein, dass zuletzt ein Pferd diesen Wagen gezogen hatte? Als ich darüber nachdachte, kam mir die Antwort auf eine andere, ungestellte Frage: Die Alte, auf die ich hoffte und deren Auftauchen ich zugleich aus einem mir unerfindlichen Grund fürchtete, musste eine Zigeunerin sein. Eine Fahrende, wie man heute zu sagen hat, eine Romni oder Sinti. Ich prägte es mir ein, als müsste ich mich vorsehen, sie nicht mit Grüß Gott, Zigeunerin! zu begrüßen.

Nach und nach entspannte ich mich. Vom Moorteich, der auf der andern Seite des Weges dalag wie ein bis ins Welteninnere hinabreichendes Rätsel, kamen Libellen in surrender Tonlosigkeit über die Lichtung geschwebt.

Was willst du?

Ich zuckte zusammen, als hätte mein Herz einen Schlag aus dem Nichts abbekommen. Reflexartig wandte ich mich um, die Arme abwehrend nach vorn gestreckt.

Und da stand sie vor mir.

Völlig lautlos war sie aus dem Wald gekommen.

Und sah kein bisschen gefährlich aus.

Ich senkte die Arme.

Sie blickte mir fest ins Gesicht, betrachtete mich ohne jeden Argwohn. Ruhe ging von ihr aus. Festigkeit. Ungemein aufrecht trotz ihres augenscheinlich hohen Alters stand sie vor mir – eine Frau wie aus einem Guss. Wie eine Romni oder Sinti wirkte sie meinem Dafürhalten nach nicht. Ihr Haar war von einem nach Bäuerinnenart zusammengeknoteten Tuch bedeckt. Sie trug ein unauffälliges, blau geblümtes Haushaltskleid, kurzärmelig, darüber eine einfache Baumwollschürze mit langen Schulterträgern. Aus den Vorder- und Seitentaschen von Kleid und Schürze ragten frische Kräuterbüschel. Wirklich auffällig an der Alten war nur eines: ihre Augen. Sie lagen ungewöhnlich tief und beschattet in einem weichen, von Hunderten kleinen Fältchen gezeichneten Gesicht. Diese Augen waren drauf und dran, Besitz von mir zu ergreifen. Gleich unwägbaren, im Wald verborgenen Teichen glänzten sie. Ich vermochte nicht, ihnen standzuhalten, fürchtete, hineinzufallen, senkte den Blick. Die knochigen, braun gebrannten Füße der Alten waren nackt.

Ich bin Sophie, sagte ich endlich und wagte wieder Blickkontakt.

Sie nickte nur.

Also begann ich zu erzählen, weshalb ich gekommen war, sagte, dass ich krank sei, die Ärzte mir keine Chance mehr gäben, ich durch Zufall von ihr gehört hätte und dass eine liebe Freundin mich hergefahren habe. Sie hörte sich alles an, ohne mich zu unterbrechen, ohne Fragen zu stellen. Und wie es schien, ohne eine Antwort zu erwägen.

Können Sie mir helfen?, versuchte ich es.

Beinahe unmerklich neigte sie den Kopf zur Seite.

Können Sie mir nicht helfen oder wollen Sie nicht?

Sie blieb stumm, sah mir geradeheraus in die Augen und zugleich wie durch mich hindurch. Diesmal, nahm ich mir vor, würde ich ihrem Blick standhalten. Wortlos standen wir einander gegenüber. Es fühlte sich an wie eine Ewigkeit.

Nur du selbst kannst dir helfen, sagte sie schließlich.

Ich weiß nicht wie, antwortete ich. Und mir bleibt keine Zeit, es zu lernen. Wenn Sie mir nicht helfen, werde ich in ein paar Monaten tot sein, vielleicht schon in ein paar Wochen.

Hab keine Sorge, empfahl mir die Alte und sprach dann seelenruhig jene Worte, die mir mein Herz in den Leib drückten: Es macht nichts, sagte sie, tut nichts zur Sache, wenn du stirbst.

Ich habe zwei Kinder, sagte ich ruhig, obwohl ich es ihr ins Gesicht schreien wollte.

Auch ich hatte Kinder, antwortete die Alte. Viele Kinder hatte ich.

Ich verkrampfte. Hoffnungslosigkeit und unendliches Mitleid mit mir und meiner Familie überwältigten mich – und der Schlag, dass diese Alte ganz offensichtlich unwillens war, zu helfen. Zuvor schon hatte ich die blassblaue Tätowierung an ihrem linken Unterarm bemerkt: ein Z mit einer verschwommenen Ziffernfolge dahinter. Ich wusste, was das bedeutete. Sie war in Auschwitz gewesen. Unvorstellbar Schreckliches musste sie durchgemacht haben. Durchaus denkbar, dass ihre gesamte Familie ermordet worden war. Gut möglich auch, dass es sie abgebrüht und kalt gemacht hatte und ihr mein Schicksal völlig einerlei war. Mit einem Mal verspürte ich Kälte gegenüber dieser Frau. Selbst ihre Kinder waren mir gleichgültig. *Ich* nämlich würde demnächst sterben. *Meine* Kinder würden demnächst ihre Mutter verlieren. Und die verhärmte Alte sah mich nur unbeteiligt an.

Was macht das UFO da?, fragte sie ansatzlos, ohne die Augen von mir abzuwenden.

Ich verstand nicht.

Sie hob das Kinn.

Ich drehte mich um, und da stand mein im Sonnenlicht glänzender silberner Samsonite-Trolley.

Das ist nur mein Koffer, sagte ich blöd.

Ihr Mund zuckte kurz. Das war ihr Lachen über mich. Sie hatte sich über mich lustig gemacht, natürlich.

Ich habe Schnaps, Kaffee und Tabak mitgebracht, sagte ich unwirsch. Sie können das Zeug behalten, vergiften Sie sich damit! Ich nahm den Griff meines dämlichen Trolleys, wollte nur noch weg.

Was hat den Ausschlag gegeben, fragte sie, für deine Reise hierher?

Sofort fiel mir mein Traum ein, die Kosmosbilder und die rülpsende alte Frau. Doch ich verspürte keinerlei Lust, der Alten davon zu erzählen. Sie besaß so überhaupt keine Ähnlichkeit mit meiner Greisin aus dem Traum, die ihr schlohweißes Haar zu einem langen, wunderschönen Zopf geflochten hatte.

Es war ein Traum, gab ich schnippisch und schon im Davongehen zurück.

In deinem Kopf, sagte da die Alte, weiterhin bedächtig und leise, sodass ich innehalten musste, um sie zu verstehen, sitzt etwas, ungefähr hier. Langsam zeichnete ihr Finger einen tischtennisballgroßen Kreis über ihre Schläfe.

Ich hatte die Art meiner Krankheit nicht erwähnt, ihr nichts gesagt vom Krebs, schon gar nicht, dass es ein Hirntumor war. Ich schluckte trocken, war kurz davor, loszuheulen. Die Alte indes tat, als ginge ich sie nun nichts mehr an. Gemächlich schritt sie am Wohnwagen vorbei zu einem offenen Feuerplatz, der sich in der Mitte der Lichtung befand. Sie kniete vor der Feuerstelle nieder, legte zwei Büschel violett blühender Kräuter neben sich ins Gras und öffnete mit einer geradezu anmutigen Handbewegung das Kopftuch. An ihrem Rücken glitt, gleich einem festen Seil, ein schlohweißer, sorgfältig geflochtener Zopf nach unten.

Feuer

Feine, staubige Asche lag in der Feuerstelle gleich einem aufgeschütteten Polster grauer Daunen. Bauchige Granitsteine, halb im Erdreich versunken, umfassten das Rund.

Mach Feuer, hieß mich die Alte. Hieß es mich in stoischem Tonfall bereits zum dritten Mal.

Gelassen und beharrlich ruhte ihr Blick auf mir. Als wollte sie mir zu verstehen geben, dass sie mich noch Hunderte Male, wenn nötig Tausende Male auffordern würde, schlicht und einfach Feuer zu machen, selbst wenn ich ihr ebenso oft versicherte, weder Feuerzeug noch Zündhölzer mitzuhaben, ja selbst wenn ich sie Kopf stehend oder vor ihr kriechend um Feuer anflehen würde, zudem um Papier und Späne zum Unterzünden.

Mach Feuer, sagte die Alte.

Zu ihr gesetzt hatte ich mich, weil ich nicht anders konnte. Es hatte keines Nachdenkens bedurft.

Wie schlafwandelnd hingelenkt hatte es mich, als ich in ihr die Greisin aus meinem Traum erkannte. Die Irrationalität daran wäre mir, hätte ich sie denn bemerkt, kein ausreichend rationales Hindernis gewesen.

Mach Feuer.

Du willst es nicht anders, dachte ich, stand auf, und ging zu ihrem Wohnwagen, um Zündhölzer zu suchen. Wenn das eine Prüfung sein sollte, sei's drum, ich würde sie bestehen. Die Wohnwagentür war verschlossen.

Wo ist der Schlüssel für den Wagen?, rief ich.

Mach Feuer, sagte die Alte.

Gewiss hatte sie den Schlüssel irgendwo versteckt, hinter einem der Räder, bei der Wagendeichsel, weiß Gott wo. Ich umrundete den Wagen, forschte mit den Fingern in Ritzen und hinter Planken, stand dann wieder vor der erhöhten Tür und spürte Jubel in mir aufkommen. Hinter den abgetretenen hölzernen Stufen war eine Kiste mit ovaler Auslassung am Wagenboden befestigt, eine Art schwebende Hundehütte. Das musste das Versteck sein, ich linste hinein. Tastete vorsichtig ins Dunkel.

Ein heiserer Schrei! Fauchen!

Ich schnellte zurück.

Was ist das, um Himmels willen?!, schrie ich zur Alten, die ungerührt bei der Feuerstelle hockte, sich nicht einmal umwandte nach mir.

Da streckte ein rotscheckiges Tier seine Schnauze aus der Öffnung, fauchte, fletschte die Zähne.

Ich rannte davon.

Was war das?, fragte ich atemlos. War das ein Fuchs?

Du bist ein schwieriger Fall, sagte die Alte. Mach Feuer.

Ich redete auf sie ein, schrie sie an, argumentierte gleich darauf sachlich und grundvernünftig, ersuchte sie wenig später mit Kleinmädchenstimme, dem Ganzen doch bitte ein Ende zu machen. Sie könne doch nicht ernsthaft erwarten, dass ich Hölzchen aneinanderrieb, bis ein Funke entstünde. Ich sei keine Zigeunerin. Keine Fahrende, korrigierte ich mich.

Mach Feuer, sagte die Alte.

Sitzend ließ ich mich in die Wiese zurückfallen. Blies Luft aus. Über mir bewegten sich die Wolken, zogen dahin, als hätten sie genug gesehen. Abermals atmete ich stoßweise aus, gab mich geschlagen, sah nur noch den Wolkenbahnen im Himmel zu. Schön war das.

Feuer, sagte die Alte, gerade rechtzeitig, bevor ich eingedöst wäre. Du hast alles dafür. Nichts und niemand ist nötig, nur du.

Ich richtete mich auf. Es tut mir leid, sagte ich matt. Ich weiß nicht wie. Und ich mag nicht mehr.

Sie sah mich lange an. Beugte sich dann nach vorne zur Feuerstelle, strich mit der flachen Hand übers Aschebett und blies heftig hinein. Unter der Ascheschicht blitze Glut auf. Sie schillerte kristallin und in flirrendem Orange.

Ich hätte es selbst gekonnt, dachte ich, verdammt, freilich hätte ich es selbst gekonnt.

Ich sah zur Alten. In ihrem Blick war etwas Neues. Und ich hatte den Eindruck, dieses Neue war ich. Ich nickte ihr zu und lächelte schwach. Kurz hatte es sich angefühlt wie eine Niederlage. Nun aber fühlte es sich an wie eine Möglichkeit, entstanden aus nichts als Asche und Glut. Es war der Moment, da die Alte meine Lehrerin geworden war.

Wie heißen Sie?, fragte ich.

Lisbeth, gab sie zurück.

Ich bin Sophie.

Die Alte lachte.

Ich weiß, sagte sie.

Wasser

Komm, sagte Lisbeth.

Ich stand auf und ging ihr hinterher. Auf der Lichtung loderte unser Feuer.

Bist du eine alte Hündin?

Warum eine alte Hündin?, fragte ich beleidigt.

Weil du hinter mir herdackelst, anstatt neben mir zu gehen.

Es war mir gar nicht aufgefallen. Eilig schloss ich zu ihr auf.

Sie führte mich zum Moorteich. Er lag so unbewegt und tiefdunkel da, als wäre er ein schlafendes Wesen, eines, das für maßlose Zeiten den Atem anhält, um irgendwann einmal zu erwachen, aufzusteigen aus sich.

Der Weg brachte uns nahe heran, berührte den Teich aber nicht. Es war, als leitete Respekt, womöglich Vorsicht seinen Lauf.

Grab ein Loch, sagte Lisbeth.

Wofür, wollte ich wissen, womit, fiel mir auch noch ein, und ich erfuhr, dass ich hier an Ort und Stelle mein Handy und meine Uhr einscharren sollte, mit meinen Händen, womit denn sonst, wunderte sich die Alte. Aber weshalb, wehrte ich ab, das Handy habe hier ohnehin keinen Empfang, ich könne es zudem ausschalten und warum denn meine Uhr? Keine Reaktion. Genügte es denn nicht, versuchte ich zu verhandeln, wenn ich ihr Handy und Uhr einfach aushändigte? An ihr, gab sich Lisbeth für eine Antwort her, würden sie Uhr und Handy noch mehr stören als an mir. Erneut wies sie auf den Flecken feuchter Erde vor unseren Füßen und die Art, wie sie es tat, sagte mir, dass Widerspruch zwecklos war. Immerhin war sie so gnädig, mir zu erlauben, Uhr und Handy in die Kunststofftasche zu wickeln. Ich lief, um das grellbunte Ding von der Lichtung zu holen.

Weshalb ich so verdattert dreinschaue, erkundigte sich Lisbeth, als ich zurückkam. Gerne hätte ich meinem Mann und meiner Freundin eine SMS geschrieben, dass alles in Ordnung sei, räumte ich ein, aber hier sei ja kein Empfang. Warum ich mich so anstellte, anstatt einfach Empfang zu machen, erkundigte sich die Alte. Ich prüfte ihre Mimik und kam zum Schluss: Es war kein Scherz gewesen. Empfang machen also. Die Alte nickte. Und wie? Mach einfach Empfang, wiederholte Lisbeth, sagte es ähnlich lapidar, wie sie zuvor gesagt hatte, ich solle Feuer machen. Also war ich gewarnt. Auch diesmal würde die Lösung simpel sein. Ich sah mich um. Und kletterte (ich bin ganz gut im Klettern) auf eine Birke.

Hielt das Handy nach oben.

Kein Empfang.

Es geht nicht, rief ich zu ihr nach unten.

Sie lachte.

Ich verfluchte sie im Stillen. Ein klein wenig zumindest. Kletterte hinunter.

Schreib deine Nachricht, forderte Lisbeth.

Ich tat es.

Und jetzt, sagte sie, schick sie ab.

Ich drückte die Taste.

Mitteilung gesendet, las ich auf dem Display, obwohl die Skala null Empfang anzeigte.

Wie haben Sie das gemacht, Lisbeth?

Mach nicht so ein Theater, sagte die Alte.

Ich vergrub Handy und Uhr. Die Torferde war weich und satt und griff sich gut an. Sie roch auch angenehm, wie nach Flechten, vermodertem Holz, regennassen Eierschwammerln. Am liebsten hätte ich noch ein Loch gegraben.

Ich wischte die Hände im Gras ab. Unter meinen Fingernägeln blieb es erdig schwarz. Vor Kurzem noch hätte mich die Erde unter den Nägeln maßlos gestört.

Einmal am Tag könne ich hierherkommen, um eine Nachricht an meinen Mann und meine Freundin zu schreiben, sagte die Alte. Wie viele Tage ich denn bei ihr bleiben würde, erkundigte ich mich. Lisbeth schüttelte den Kopf. Zumindest das, sagte sie, würde ich doch hoffentlich selbst wissen. Nahm sie mich schon wieder auf den Arm? Verstand ich ihre Ironie nicht?

Ich gaffte sie ratlos an.

Und sie sah mir zu dabei. Sah dann weg und murmelte im Weitergehen irgendetwas auf Waldviertlerisch, Zigeunerisch, keine Ahnung.

Dort, wo der Weg allmählich Abstand vom Wasser nahm und sich im Wald verlor, verließen wir ihn, drangen ein ins Unterholz. Der Moorteich hatte Ausläufer, seichte Lacken und matschige Tümpel gebildet. Die Alte schob Zweige beiseite, stapfte im schwierigen Terrain vorwärts, balancierte geschickt auf den Moospulten, ich ihr hinterher. Bald hatten wir wieder freien Blick auf den Teich, standen auf einer Landzunge.

Zieh dich aus, sagte die Alte.

Gehen wir baden?, fragte ich.

Die Alte fand die Frage komisch.

Nicht wir! Du!, rief sie.

Und wies nicht zum Teich, sondern, gleich daneben, zu einer wild aufgerührten Schlammsuhle.

Ich prüfte ihren Blick.

Klar, sie meinte es ernst.

Das Gesicht, die Haare und den Hintern solle ich nicht einzureiben vergessen, sagte sie, während sie mir von hinten triefende Moorpatzen auf Schultern und Rücken klatschte. Und so stand ich also schließlich vor ihr: völlig nackt und doch irgendwie bedeckt, von Kopf bis Fuß eingepackt in zentimeterdicken Torfschlamm. Aus diesem Kokon blickte ich durch Augenluken in die Landschaft.

Die Alte tat derweil, was sie im Grunde pausenlos tat, paffte eine ihrer Selbstgedrehten und hatte Spaß an mir. Beobachtete mich, beobachtete meine schlammige Ganzkörpermontur, beobachtete deren Trocknungsvorgang und wusste mein Erscheinungsbild einfallsreich zu benennen: von gatschige Moormumie bis paniertes Karpfenweibchen.

Lisbeth stellte sich, so wortkarg und ernsthaft sie anfangs auch gewesen war, als reichlich albern heraus. Ich sagte es ihr, obgleich ich die Szene selbst witzig fand, auf den Kopf zu. Und bereute es umgehend, denn sie erwiderte, dass Lachen nur in einem tränenfreien Leben sinnlos und albern wäre.

Meine Schale war mittlerweile trocken, krustig und grau geworden. Ich bröckelte.

Wirf den Dreck ab, sagte Lisbeth, wasch dich sauber.

Ich konnte den Satz nicht anders deuten als symbolisch. Das also hatte sie bezweckt.

Sie zeigte mir eine Stelle am Ufer, an der ich mich bis zum Hals bequem ins dunkle, rötlich geflockte Wasser setzen konnte. Ich wusch und rieb mir die Erde vom Leib.

Bedank dich beim Moor, empfahl sie mir, es hat dir den Dreck rausgezogen.

Hilft das Moor gegen den Krebs?, fragte ich.

Nein, sagte die Alte, aber du hast gewaschen gehört.

Ich habe mich heute Morgen geduscht!

Du hast nach Stadt gestunken, nach Stress und nach Angst. Du hast gewaschen gehört.

Und wozu das Einpacken in den Torfschlamm?

Hat witzig ausgeschaut, sagte sie und blies eine Spirale Zigarettenrauch in den Himmel.

Luft

Es war Abend geworden und kühl. Die Sonne wirkte leckgeschlagen, verlor zusehends an Helligkeit. Flirrend zerschmolz sie hinter dem Wald und mit ihr meine Zuversicht. Ich sehnte mich nach meiner Familie. Was hatte ich hier verloren? Die Alte würde mich nicht heilen können, kindisch war es gewesen, das zu hoffen. Es drängte mich, auf der Stelle abzureisen. Jede Stunde, die mir noch blieb, sollte ich bei meinen Liebsten verbringen. Stattdessen saß ich hier, alleine am Lagerfeuer. Lisbeth hatte mir aufgetragen, zwei, drei Scheiter Holz nachzulegen, wir würden uns den Rest ihres Mittagessens aufwärmen. Sie wollte den Kessel holen und anderes Nährendes. Ich fürchtete, dass sie damit den Fusel meinte, den ich mitgebracht hatte.

Im emaillierten Kessel, den sie neben mir abstellte, befand sich eine dunkle, dickflüssige Masse, ein

Gemüseeintopf womöglich. An der Oberfläche ragten Stängel und verkohlte Blätter heraus. Im geflochtenen Korb, den die Alte hergetragen hatte, befand sich allerlei, aber zu meiner Erleichterung keine Schnapsflaschen. Kopfweh hatte ich ohnehin schon genug, der Tumor machte sich wieder bemerkbar.

Unmittelbar war mir die äußerliche Veränderung an Lisbeth aufgefallen. Hatte sie sich abendfein gemacht? War es Teil eines Zigeunerrituals? Jedenfalls hatte sie Ohrhänger angesteckt: arabeske, goldene Ohrhänger, in deren Mitte je ein geschliffener, tropfenförmiger Amethyst facettenreich das Licht des Feuers spiegelte. Mit jeder sparsamen Kopfbewegung Lisbeths, mit jedem Aufzüngeln der Flammen, nahm das kaleidoskopische Schauspiel eine Wendung, funkelnd in immer neuen Varianten aus Violett.

Lisbeth hatte, als sie mir das erste Mal gegenüberstand, wie eine überaus alte Frau gewirkt, ihre geschmeidigen Bewegungen ließen sie anschließend jünger erscheinen, doch merkwürdig, erst jetzt, da sie Schmuck trug, erkannte ich, wie hochbetagt sie tatsächlich war. Die beiden massigen

Ohrhänger vervielfachten an ihr gefühltermaßen die Erdanziehungskraft – der zu widerstehen Lisbeths Ohrläppchen anscheinend vor langer Zeit aufgegeben hatten. Beinahe rührend war zu sehen, wie bereitwillig sich die Alte hingab in dieses wenig schmeichelhafte Bild. Die Ohrhänger, nun wusste ich es, trug sie nicht zu ihrem Schmuck. Sie trug sie aus einem anderen, mir unbekannten Grund.

Lisbeth lächelte mich leise an, als läse sie mir die Gedanken von der Stirn. Nahm dann ein schlankes, durchsichtiges Fläschchen mit honiggelber Flüssigkeit aus dem Korb und entkorkte es. Benetzte ihren Zeigefinger mit der öligen Lösung und trug sie auf meine Schläfe auf, kreiste sanft über jene Stelle, die schmerzte. Sie tat es so gewissenhaft, ja fürsorglich und mit einem Blick … einem Blick, dass mir augenblicklich Tränen in die Augen schossen. Ich musste an meine verstorbene Mutter denken.

Atme, sagte Lisbeth. Atme.

Erneut benetzte sie ihren Finger mit dem Öl aus dem Flakon. Und – mag es von mir aus blöd klingen –, und salbte mich. Ich schloss die Augen.

Danke, Lisbeth.

...

Lisbeth?

Hm?

Mein Kopfweh ist weg.

Gut.

Was war das? Womit hast du mich eingerieben?

Mit Licht.

Licht?

Licht.

Wie meinst du das? Was bedeutet das, mit Licht?

Du fragst zu viel. Und du denkst zu viel.

Kommt daher mein Krebs, Lisbeth? Vom zu viel Denken, vom zu viel angestrengt Denken?

Nein.

Woher dann?

Zu wenig Licht und Liebe.

Ich bekomme zu wenig Licht und Liebe?

Nein, dein Krebs bekommt zu wenig Licht und Liebe.

Wie bitte?!

Lisbeth schloss ohne weitere Antwort das Fläschchen. (Es war Johanniskrautöl, wie ich später erfuhr, als ich ein weiteres Mal zu viel fragte.)

Nadaundazöhoetamoe, sagte Lisbeth.

Erzähl von dir, wiederholte sie, als ich sie rätselnd ansah.

Was soll ich erzählen?

Von dir.

Während sie den Kessel auf einem Dreibein übers Feuer hängte und mit einem langen, hölzernen Kochlöffel darin umzurühren begann, erzählte ich ihr also. Sagte, dass ich einen Ehemann und zwei Kinder im Alter von acht und zehn hatte, berichtete, dass ich bis vor Kurzem Pressesprecherin der Justizministerin gewesen war, die Doppelbelastung daheim und im Job hart gewesen sei, aber schließlich hätte ich es mir ja selbst so ausgesucht; meinen Mann liebte ich, obwohl unsere unterschiedlichen Erziehungsansätze oft zu Streit führten, die Kinder seien mein größtes Glück, ab und zu freilich auch meine größte Sorge. Ich wisse, betonte ich, bevor Lisbeth es sagen würde, dass Krebs immer dann komme, wenn etwas gehörig nicht im Lot sei, aber ehrlich, mir sei nicht bewusst, was ich groß falsch gemacht hätte, mehr Druck als auf anderen Frauen in meiner Situation laste bestimmt nicht auf mir.

Unvermittelt ließ sie den Kochlöffel fallen, sank neben mir auf die Knie. Ihr Gesicht war verzerrt, es sah aus, als hätte sie Schmerzen oder ekelte sich vor etwas, vor mir womöglich. Sie zog ihr Kinn zur Brust, drehte den Kopf zur Seite, dann hinauf und zugleich kippten ihre Augäpfel nach hinten, ich sah nur noch das Weiße darin.

Gib mir deinen linken Arm, sagte sie, hatte die Augen nun geschlossen.

Sie legte ihre Hand flach in meine, umfasste mit der anderen die Innenseite meines Unterarms. Erneut durchzuckte es sie. Lisbeth presste das Kinn an die Brust.

Brauchst dich nicht fürchten. Ich krieg nur grad was durchgeschickt für dich.

Was durchgeschickt, wiederholte ich nervös in Gedanken.

Am Hals, sagte die Alte, ist es bei dir ganz abgerissen. Das wird jetzt grad repariert.

Ich kann nicht sagen, warum ich mit einem Mal schwer atmen musste, vermutlich ganz einfach wegen der doch unheimlichen Situation. Zugleich verspürte ich das Bedürfnis, mich tief zu entspannen. Lisbeths Stimme klang beinahe so ruhig wie immer, etwas angestrengter nur, ein wenig gepresster. Als sie die Augen öffnete, waren sie feucht.

Jetzt sehe ich gerade, was dir angetan worden ist in einem deiner früheren Leben, drum hab ich auch Tränen in den Augen, es braucht dich nicht zu beunruhigen.

Ich musste schlucken. Die Alte tat mir leid, es sah traurig und anstrengend aus, was sie da meinetwegen durchmachte.

Abermals verzerrte sich ihr Gesicht, wand sich ihr Kopf seitlich nach unten, gleich darauf nach oben und ihre Augäpfel kippten nach hinten.

In deinem Bauch, sagte sie, ist das Kabel auch unterbrochen. Es wird jetzt repariert.

So, jetzt ist der Stecker wieder drinnen.

Meinst du die Kundalini beim Sonnengeflecht?, brachte ich mein esoterisches Wissen ein.

Für mich schaut es aus wie ein Stecker im Bauch, gab sie zurück.

Kurz darauf erzitterte sie erneut, die Augen geschlossen, Tränen auf den Wangen. Und dann, wie jäh aus einem Traum erwachend, starrte sie mich an, zuckte zurück.

Weg!, sagte sie energisch. Fuchtelte abwehrend mit den Händen und krakelte mit dem Finger eilig ein Kreuz in die Luft zwischen ihr und mir.

Erde

Sie habe gar nichts gemacht, antwortete Lisbeth auf meine Frage. Nur da sei sie gewesen und habe durch die Luft ein Paket für mich bekommen. Das habe sie weitergegeben, wie es von ihr erwartet werden durfte.

Als ich mich mit ihrer Erklärung nicht zufriedengeben wollte, fragte sie, gleichsam über meine Ignoranz verblüfft: Wenn bei dir der Postler läutet und ein Packerl für deine Nachbarin abgibt, überbringst du es doch auch, oder etwa nicht?

Sie schien tatsächlich zu glauben, dass nun alles besprochen und erklärt war. Meinen Einwand, dass ein Unterschied bestehe zwischen einem Paket von der Post und dem Zauber gerade eben, ließ sie unbeantwortet. Rührte stattdessen trotzig in ihrem Eintopf. Und gab dann doch noch etwas von sich, deutete auf den Feuerkessel, an dessen Oberfläche bereits üppig Blasen aufstiegen, und leierte *Nagleiuntrischisfeiahoas owaaomsan-blodan.*

Ich hatte keinen Schimmer, was das eben gehei-ßen haben mochte, aber die alte Hexe erreichte mit dem Kauderwelsch, dass ich ihr den guten Willen nicht mehr absprechen konnte.

Lisbeth, fragte ich nach einer Weile, während der wir stumm am Feuer gesessen waren, ich habe vorher du gesagt, ist das in Ordnung?

Sie musste schon wieder den Kopf schütteln über mich. Du hast Fragen!, reagierte sie. Der da oben, sie deutete in den perlmuttfarben irisie-renden Abendhimmel, ist mit allen per Du, mit den Bettlern, den Königen, den Guten und den Schlechten. Warum sollten wir dann mit irgend-wem per Sie sein?

Ich sah ins Feuer und dachte, dass die Alte na-türlich recht hatte. Hier, abgeschieden im Wald, klangen derlei Antworten naheliegend und wie selbstverständliche Wahrheiten. Draußen in der Welt aber herrschten andere Gesetze. Jene der Floskeln und Eitelkeiten, der Machtspiele, Täu-schungen und Egoismen. Es war die Welt, in der ich gelernt hatte, so gut wie möglich zu existieren.

Es war die Welt, aus der ich krank zu Lisbeth in den Wald gekommen war.

Lisbeth, ich muss auf die große Seite.

Auf die große Seite, wiederholte sie, sichtlich amüsiert. Und dann: Scheißen musst, oder?

Ja.

Na dann wär's eine gute Idee, wenn du gehst.

Ich merkte, dass ich die Sache falsch begonnen hatte. Nun wäre es peinlich, nach einer Toilette zu fragen, die es hier wohl nicht geben würde. Vermutlich löste ich bei Lisbeth selbst mit dem Wunsch nach Toilettenpapier Heiterkeit aus. Am wahrscheinlichsten war, dass sie irgendwo im Wald einen Sitzbalken an zwei Bäume genagelt hatte.

Wo genau ist die Stelle?, fragte ich.

Welche Stelle?, erwiderte Lisbeth arglos.

Das Klo!

Lisbeth antwortete mit einer weit ausholenden Armbewegung, die den Wald beschrieb.

Ich soll irgendwo in den Wald machen, egal wohin?

Mhm.

Ich nehme an, Klopapier gibt's keines, stimmt's?

Das Klopapier wächst da hinten. Huflattich. Sie wies, ohne hinzusehen, Richtung Teich, schabte mit dem Kochlöffel energisch am Boden des Kessels.

Im letzten Abendlicht pflückte ich eine Handvoll der annähernd tellergroßen Blätter und suchte mir ein lauschiges Plätzchen im Unterholz. So unbeholfen ich mich anfangs anstellte (einmal Halt und Balance an einer Jungfichte suchend, dann an einen Baumstamm gelehnt, zuletzt die freie Hocke wählend), so befreiend erwies sich die archaische Stellung letztendlich. Und ich fragte mich ernsthaft, warum ich mir diese Art der Erleichterung bisher noch nie gegönnt hatte. Was mich einzig irritierte, war die Vorstellung, dass die alte Lisbeth hier kreuz und quer in den Wald pfefferte.

Als ich zu ihr auf die Lichtung kam, standen die ersten Sterne am Firmament. Ich fühlte mich großartig. Genoss sogar mein Frösteln, meine Gänsehaut. Die Luft war so frisch und taunass sauber, als entstammte sie einer tiefen Quelle. Ich sog sie ein, ließ sie in meine Lungen strömen.

Aber kalt war es schon hier. Ich holte mir Pulli und Jeansjacke aus dem Schalenkoffer, steuerte dann die am Feuer hantierende Lisbeth an und fühlte bei alldem eine neue Selbstsicherheit, die war wie aus dem Nichts gekommen, gleich dem Tau.

Dass die Alte nicht aufsah, als ich mich zu ihr setzte, bremste meine Aufgekratztheit kein bisschen. Ich hatte vor, Lisbeth noch einmal nach ihrem tranceartigen Zustand von vorhin zu fragen. Obwohl ich von solchen Wundern nie viel gehalten hatte und auch an Reinkarnation nicht explizit glaubte, wollte ich derlei nicht als Unsinn abtun, bloß weil mir der Zugang dazu fehlte. Generell hielt ich mich für eine aufgeschlossene Agnostikerin. Und wenn mich die Alte in einem früheren Leben gesehen haben wollte, machte mich das einfach neugierig. Überhaupt interessierte mich ihre Sicht vom Leben, ich wollte mir Lisbeths Meinung unvoreingenommen anhören. Wir saßen eine Weile wortlos am Feuer. Als ich sie schließlich mit meinen Fragen behelligte und dabei ein wenig ausuferte, Richtung Gott und die Welt, konterte sie mit einer Gegenfrage: Hast du deine Scheiße ordentlich eingegraben?

Ich fühlte mich ertappt. Hätte ich das denn sollen? Ich hatte die Angelegenheit einfach mit den Huflattichblättern zugedeckt.

Und musste mir, nachdem ich es wahrheitsgemäß berichtet hatte, von Lisbeth anhören, dass jede Katze imstande sei, ein Loch zu graben, hineinzuscheißen und den Flecken Erde anschließend so sauber zu verlassen, wie er vorgefunden worden war. Mutter Erde, sagte Lisbeth, sei mit Respekt zu behandeln. Alles stamme aus ihr, sagte sie. Alle Nahrung, alles Wärmende, alle Materialien. Sogar sämtliche Rohstoffe für mein Handy, fügte sie abfällig hinzu.

Sie schöpfte eine große Portion Gemüseeintopf in eine Schüssel, reichte sie mir, nahm auch sich und brummte, bevor sie den ersten Löffel in den Mund schob: Du willst wissen, wie das Universum funktioniert und weißt noch nicht einmal, wie man richtig scheißt.

Sonnenaufgang
Der Rabe

Ein Rabe sprang auf der Lichtung umher, als könnte er nicht glauben, dass da tatsächlich Boden war, fester Boden unter seinen Krähenfüßen. Als müsste er sich dessen vergewissern auf das Ausgiebigste. Es sah ulkig aus.

Jäh klappte er seine Flügel auseinander, peitschte geräuschvoll durch die Luft und stemmte sich himmelwärts.

Weit oben dann schien er in eine andere Sphäre zu tauchen. Anstrengungslos zog er seine Schleifen im Pastellblau, Zyklam und Rosa dieses klaren Morgens.

Schließlich setzte er erneut zum Sinkflug an, segelte über die Wipfel, flog eine dynamische Ellipse und landete auf der Lichtung, um seinen eigentümlichen Tanz fortzusetzen.

Ich beobachtete ihn eine ganze Weile. Sein Auf und Ab, das Gleiten im Himmel und das angestrengte Hüpfen auf Erden – bis er krächzend das

Weite suchte, flügelschlagend über den Moorteich strich und verschwand.

Er macht das oft, sagte Lisbeth, ohne erkennen zu lassen, was sie davon hielt.

Steckt ein Sinn dahinter?, wollte ich wissen.

Ob ich das denn nicht gesehen hätte, gab sie zurück. Der Rabe habe getan, was uns allen gut täte. Jeden Morgen sei zu sehen, wie er seinen Himmel mit seiner Erde zu verbinden suche. Er erwache aus seinen Träumen und finde jenen vor, der den gesamten Tag über andauern würde. Um das Wissen und die Möglichkeiten wachzuhalten, die sich daraus ergäben, vollführe er sein Ritual. Er vergewissere sich, dass alles wirklich sei, was er auf dieser Welt vorfinde, zugleich aber eben auch nur ein Traum, aus dem er eines Tages erwachen werde wie aus allen übrigen Träumen.

So etwa redete die Alte in aller Herrgottsfrüh, hockte beim Tisch, sah mir, die ich auf der Türschwelle des Wohnwagens saß und hinausblickte, über die Schultern und trank zum Frühstück einen Klaren.

Willst du nicht?, fragte sie und hob das Schnapsglas.

Ich lehnte erneut ab.

Erfrischt aber, behauptete sie und ließ ein genießerisches Aaahh! hören.

Die Nacht hatte ich bei ihr im Wohnwagen verbracht. Lange verfolgte mich das Rauschen des Windes in den Bäumen, schreckte mich ein Scharren, ein Kratzen, ein Fiepen aus meinem Dämmerzustand. Der Wald schien keinerlei Müdigkeit zu kennen und war gerade zu stockdunkler Zeit durchpulst von Leben.

Umso präsenter empfand ich, vielleicht eine Stunde danach, die Ruhe, die den Raum von einem Moment auf den anderen verschluckt zu haben schien. Dieses überraschende Nichts war derart plastisch, als wäre es eine alles inhalierende Kraft. Und dass nicht einfach der Wald schwieg, sondern diese Kraft es gewesen war, die ihn zum Schweigen gebracht hatte.

Da setzte die Alte mit hemmungslosem Schnarchen ein.

Lisbeths Wildledermantel hing an einem der Haken. Ansonsten hatte sie sich mitsamt ihrem Haushaltskleid so niedergelegt, wie sie zuvor am Feuer gehockt war. Die Gepflogenheit einer Abendtoilette schien ihr fremd.

Das Bett, es wirkte wie eine Schlafkoje, bot reichlich Platz für uns beide, beanspruchte im hinteren Teil des Wohnwagens dessen gesamte Breite und mehr als ein Drittel seiner Länge. Darüber hinaus gab es nach vorne, zur Tür hin, lediglich einen kleinen Tisch mit zwei Sesseln, einen alten, gusseisernen Ofen und in der Ecke eine Art Altar. Ihr übriges Hab und Gut war unter dem Bett verstaut, hing lose an den Wänden und baumelte von der Decke, angebunden und eingehakt an fünf zimmerlangen Holzstangen. Dutzende Bunde Kräuter hingen hier, ebenso viele Säcke mit allerlei Vorräten, zudem etliche Lappen, Fetzen, Tücher, Töpfe, Schüsseln, Häferln. Als ich am späten Abend des Vortags erstmals in diesen Kosmos eingetreten war, hatte mich sofort sein Duft eingenommen – ein Gemenge aus Beifuß, Farn, wildem Thymian, alten Stoffen, erdigem Muskat und vergilbten Fotografien. Auf dem Tisch der Alten stand eine Petroleumlampe. Deren Flamme schien dem Raum mehr Schatten zu schenken als Licht.

Schwerelos wirkten die Dinge in diesem Facetten-
licht und der Raum war von einer ungebührenden
Unendlichkeit. Neben der Lampe stand ein mit
Arabesken verzierter Aschenbecher aus Blech. Als
ich am Morgen erwachte, war Lisbeth bereits eif-
rig dabei, ihn mit Asche zu befüllen. Entspannt
saß sie da, eine Flasche Obstler vor sich, und stieß
Rauchwolken zur offenen Tür.

Ich richtete mich im Bett auf. Guten Morgen, Lisbeth!

Was hast du geträumt?, fragte sie.

Ich weiß nicht einmal, ob ich geschlafen habe,
gab ich gähnend zur Antwort und ließ unerwähnt,
dass sie geschnarcht hatte wie ein Sägewerk.

Ausschlaggebend sei nicht, meinte sie, wie lange
ich geschlafen, sondern ob und was ich geträumt
hätte. Das entscheide, ob ich erholt sei und bereit
für den Tag.

Ein Vogel, fiel mir ein, ich habe von einem
schwarzen Vogel geträumt.

Lisbeth schien zufrieden. Sie wies, die Selbstgedrehte zwischen den Fingern, raus auf die Lichtung.
Dort hüpfte, überaus forsch, ein Rabe durchs Gras.

Nachdem er zwischen den Wipfeln des Moorwalds verschwunden war und nicht wiederkehrte, traten wir hinaus. Lisbeth erneuerte das Feuer. Sie stellte eine langstielige türkische Kaffeekanne in die Flammen und rührte Kardamom, reichlich Kaffee und Unmengen von Zucker ein. Dann strich sie Schmalz auf zwei Scheiben Brot, würzte mit Paprika und Salz, garnierte mit Zwiebelringen, legte die Brote auf einen der buckligen Granitsteine, die das Feuer umlagen, und deutete einladend darauf.

Wird dir guttun, meinte sie und gab zu verstehen, dass sie selbst keinen Bedarf habe und am Morgen gut mit Kaffee und Tabak das Auslangen finde.

Ich besah mein Frühstück: Picksüßer Kaffee also und fetttriefende Schmalzbrote mit rohen Zwiebeln. Kurz erwog ich, dankend abzulehnen. Minuten später aber hatte ich alles verputzt. Und fühlte mich großartig. Es war noch frisch an diesem Morgen, die Wiese taunass und vom Moorteich stieg Nebel auf. Doch das Feuer wärmte, der Kaffee wärmte, und die herrlichen Schmalzbrote.

Wie wirst du mir helfen, den Krebs wegzubekommen, Lisbeth? Ich fragte es geradezu beschwingt.

Die Alte hatte erneut Teichwasser eingegossen, platzierte die verrußte kupferne Kaffeekanne auf der Glut.

Indem ich dir zeige, wie du dir selbst helfen kannst, sagte Lisbeth. Ich bin nur Vermittlerin zwischen dir und dir. Zwischen dem Raben des Himmels und dem der Erde.

Ich muss das hoffentlich nicht verstehen, damit es funktioniert, oder?

Wäre nicht schlecht, gab sie zurück.

Aber im Grunde sei die Sache ohnehin simpel: Der Krebs sei ein Teil von mir, ich müsse also nur gut zu ihm sein, dann lasse er los.

Gut sein zu ihm? Zum Krebs? Die Ärzte haben gesagt, ich müsse mit aller Kraft gegen ihn ankämpfen.

Lisbeth sah mich entgeistert an. Wie soll denn das gehen? Willst du dir selber den Schädel einhauen?

Nein, aber mich mit festem Willen wehren gegen ihn, ankämpfen eben gegen den Krebs, nicht aufgeben.

Lisbeth prustete los, es fiel ihr beinahe die Selbstgedrehte aus den Lippen.

Was ist? Was ist daran so komisch?

Du redest daher, sie lachte immer noch, als müsstest du den Teufel austreiben, der in deinem Hirn ein Nest gebaut hat.

Symbolisch gesehen ist es ja auch ein wenig so.

Wenn du an so einen Schwachsinn glauben willst, geh zu den Pfaffen oder am besten gleich zu einem Exorzisten.

Und nicht zu einer alten Hexe wie dir?

Das war mir herausgerutscht.

Lisbeth sah mich an. Und ich sah sie an.

Dann prusteten wir beide los.

Der Krebs, sagte sie später, als wir entspannt am Feuer saßen, sei kein Fremdkörper, sondern Teil von mir. Ich täte gut daran, ihn ab sofort als besten Freund zu erkennen und dementsprechend dankbar und liebevoll mit ihm umzugehen.

Das ist etwas viel verlangt, Lisbeth.

Es ist die Wirklichkeit, sagte die Alte.

Der Krebs nähre sich von meinen niederen Gedanken und Emotionen. Ich würde wohl selbst wissen, ob es sich um Hass, Neid, Angst, Minderwertigkeitsgefühle, unterdrückte Aggression, Selbstmitleid oder heimliche Feindseligkeiten handle.

Ich soll also nicht den Krebs bekämpfen, sondern meine Ängste und Minderwertigkeitsgefühle?

Was du ständig mit dem Kämpfen hast! Lisbeth schüttelte den Kopf.

Nichts und niemanden sollte ich bekämpfen. Kampf und Druck würden den Gesetzen des Kosmos zufolge nur Gegendruck hervorrufen, seien also unsinnig. Annehmen sollte ich meine niederen Aspekte, sie akzeptieren als Teil von mir, mich versöhnen mit mir.

Und wie soll ich das machen?

Mein Freund, der Krebs, habe das meiste ohnehin schon für mich erledigt, sagte sie. Alles mich Zerstörende habe er in sich aufgenommen. Ich müsse also gar nicht wissen, welche schädlichen Gefühle es exakt seien, um sie entlassen zu können. Es reiche, mich einfach als Ganzes anzunehmen.

Und mach daraus keine Wissenschaft, sagte die Alte, nimm dich einfach in Liebe an, verzeih dir, basta.

Und was mach ich mit dem Freund?

Danke ihm. Stell dir vor, wie viel von deiner Scheiße der arme Hund hat fressen müssen.

Ich griff mir an die Schläfe. Und versuchte dieses verbeulte Ding in meinem Kopf nicht mehr als gemeine, tickende Zeitbombe zu empfinden, sondern als lebendiges, mir wohlgesinntes Wesen, das eng, ganz eng zu mir gehörte. Es mag sich lächerlich anhören, aber ich bekam feuchte Augen. In diesen Sekunden erkannte ich es wie eine lange unter Verschluss gehaltene, traurig-schöne Wahrheit: Der Krebs hatte für mich all das angenommen, wozu ich nicht imstande gewesen war.

Schick ihm Liebe und Licht, sagte Lisbeth.

Ich heulte Rotz und Wasser. Die Befreiung brach aus mir wie ein Sturm.

Lisbeth? Was ist los mit mir? Was geschieht da gerade?

Du spürst Liebe und Dankbarkeit, hast Kontakt zu deinem Raben-Himmel. Alles ganz normal, fügte die Alte hinzu und kippte den Kaffeesatz ins Feuer.

Bitte erklär es mir.

Du musst nicht alles mit deinem Kopf verstehen. Es genügt, wenn du es spürst. Ein höheres Verstehen ist gar nicht möglich.

Erklär es mir trotzdem, bitte.

Es bringt dir nichts.

Bitte!

Die Alte seufzte. Sah mir zu, wie ich mit dem Jackenärmel meine Wangen trocken wischte. Und sagte, dass unsere Sinne zwar jedes Ding auf der Welt und auch die Welt selbst als Materie wahrnähmen und damit buchstäblich realisierten, tatsächlich aber alles aus Energie bestehe, Energie unterschiedlicher Schwingung. Das Universum sei durchwoben von diesen Energieströmen, in Summe bestehe es aus nichts anderem, sei eine große All-Energie. Und mein Ursprung, sie wusch die Kaffeekanne mit Teichwasser aus, sei in Wirklichkeit auch reine Energie. Von dieser Quelle, sagte die Alte, durftest du kurz kosten. Alles keine Zauberei.

Ich versuchte Lisbeths Worte nachzuvollziehen, merkte, dass ich sie nicht ausschließlich auf Plausibilität prüfte, wie es typisch für mich gewesen wäre, sondern dass ich sie einfach annehmen konnte. Für mich fühlte sich stimmig an, was sie gesagt hatte. Dabei driftete ich wohl ab, ließ mich fallen, denn irgendwann bemerkte ich, dass ich auftauchte, gleichsam hochgeschwappt wurde aus mir, und auf dem Weg zurück ohne jedes Zutun die zarte Membran zur Realität durchstieß.

Was machst du da?, fragte ich irritiert.

Hab heute noch nicht Zähne geputzt, murmelte Lisbeth, rieb sich mit Asche aus dem Lagerfeuer die Zahnreihen, matschte den Brei von einer Wangeninnenseite zur nächsten, half mit der Zunge nach, schob abermals den Zeigefinger in den Mund, rieb und schrubbte und spuckte schließlich einen Batzen grauen Schleim in die Wiese.

Sonne im Zenit
Der Besucher

Lisbeth erklärte mir mit einer Beiläufigkeit kosmische Gesetze als redete sie übers Häkeln. Energie vergehe nicht, sagte sie etwa, daher sei das Universum, das ja aus nichts anderem als Energie bestehe, selbstverständlich unendlich und zeitlos. Aber sie glaube, die Alte sah mich fragend an, dass die heutigen Wissenschafter das ohnehin schon wüssten. Jedenfalls sei alles mit allem auf diese Art verbunden, so einfach sei das.

Woher sie ihr Wissen habe, fragte ich. Und sie antwortete, ich täte besser daran, mich um mich zu kümmern als um sie. Es würde mir leichterfallen, all das anzunehmen, trat ich in Verhandlungen ein, wüsste ich, woher es kommt.

Du bist ein schwieriger Fall, murmelte die Alte. Völlig verkopft bist du.

Bitte Lisbeth, flüsterte ich mit Unschuldsmiene. Alles, was ich wissen müsse, um gesund zu werden, entgegnete sie etwas ungehalten, sei, dass mein Krebs nicht in Stein gemeißelt sei, sondern aus Energie bestehe. Und Energie sei wandelbar.

Kauen, forderte sie mich auf, und legte mir einen daumennagelgroßen, bernsteinfarbenen Klumpen in die Hand. Weihrauch, sagte sie, bevor ich fragen konnte. Weiche ihn im Mund auf und kaue ihn, bis er ganz klein geworden ist.

Weihrauch wie in der Kirche?, fragte ich. Den kann man kauen?, fügte ich noch dümmer hinzu und erfuhr, dass es sich um das Harz eines in Afrika, Arabien und Indien wachsenden, knorrigen Baumes handelte.

Wird helfen, sagte Lisbeth.

Der Weihrauch verlor in meinem Mund rasch seine Kanten, zerbrach und fühlte sich an wie ein harzig bitterer Kaugummi.

Für dich, sagte Lisbeth und reichte mir ein durchsichtiges, mit Weihrauch gefülltes Konservenglas. Mindestens drei Mal täglich kauen.

Außerdem das da. Sie hob ein noch größeres Glas aus dem Korb. Je drei Kaffeelöffel, sagte sie, morgens, mittags, abends, pur oder mit einem Glas

Wasser. Sie rührte das dunkle Pulver in ein Häferl Teichwasser.

Was ist das?, fragte ich und leerte den Inhalt, ohne die Antwort abzuwarten, in einem Zug, den Weihrauchkaugummi währenddessen sicher in der Wange verstaut.

Getrocknete Stockschwammerln.

Lisbeth erkannte an meinem Blick, dass ich keinen Schimmer hatte, wovon sie sprach.

Stockschwammerln, wiederholte sie, erstaunt über meine Bildungslücken. Schwammerln, die auf Baumstämmen wachsen.

Sie richtete sich auf, wandte den Kopf zur Seite.

Donaschtanaduachskrochat, raunte sie. Ich verstand es ebenso wenig wie das genuschelte: *Miakrianganbsuach*.

Was?, fragte ich und ging ihr nach, denn sie war abrupt aufgestanden. Lisbeth, was ist los?

Besuch, meinte sie. Es komme Besuch.

Wir setzten uns im Wohnwagen an den Tisch und spähten zur offenen Tür hinaus. Doch niemand kam. Sie hatte sich wohl getäuscht.

Die Sonne beschien mittlerweile die gesamte

Lichtung. Ein Schwarm winziger Obstfliegen waberte vor der Tür auf und ab, als handelte es sich um ein einziges, in sich verschwimmendes, teiltransparentes Lebewesen. Sonst rührte sich nichts. Bis, vornübergebeugt, ein Mann aus dem Wald geschlurft kam. Er war, soweit ich das von Weitem erkennen konnte, nicht sonderlich alt, vielleicht um die vierzig. Sein greisenhaftes Schleichen und seine gebückte Körperhaltung aber ließen ihn um Jahrzehnte älter erscheinen. Er rückte näher wie in Zeitlupe. Zwischendurch hielt er inne und sah auf, beim Gehen dann wieder zu Boden. Mit aberwitzig kleinen Schritten quälte er sich voran. Und stand dann endlich vor der Tür, richtete seinen Blick auf uns.

Servus Lisbeth, sagte er, versuchte ein Lächeln. Der Schmerz fiel ihm aus den Augen.

Die Alte antwortete nicht, blieb sitzen. Ich wollte dem armen Kerl die drei Stufen in den Wohnwagen helfen, aber Lisbeth bedeutete mir, es zu unterlassen. Als sich der Mann zu uns hochgewuchtet hatte, leise stöhnend zu stehen kam und seinen Gruß wiederholte, legte Lisbeth los. Sie fischte sich einen am Tischbein hängenden Lappen und schlug im Sitzen auf den Krüppel ein, schlug diesem Mann doch tatsächlich auf den Kopf. Zwar nur mit einem Topflappen, doch wie heftig! Und der Arme versuchte nicht einmal auszuweichen. Demütig, als verdiente er es nicht anders, empfing er die Schläge gesenkten Hauptes. Zudem beschimpfte Lisbeth ihn, und wie! Ich verstand kaum ein Wort, aber sie schalt diesen unrasierten, einfach gekleideten, auf mich sympathisch wirkenden Mann mit einer Heftigkeit, als sei er ein Schwerverbrecher.

Romviechgschutztsaschoamoe!

Ich saß daneben wie in Schockstarre, vermutlich mit offenem Mund.

Endlich ließ sie ab von ihm. Legte den Lappen beiseite.

Und befüllte seelenruhig, ja völlig entspannt, eines ihrer geblümten Kaffeehäferl randvoll mit Schnaps. Schob es die Tischkante entlang ihm zu. Er griff danach, führte es zitternd zum Mund und trank. Im Sitzen zu ihm aufsehend beobachtete ich seinen ausgeprägten Kehlkopf, der auf- und abglitt, ja geradezu auf- und abrieb, als gälte es, mühevoll eine Schuld zu tilgen. Er schluckte unablässig. Schluckte. Stellte das leere Häferl schließlich kommentarlos zurück auf den Tisch.

Leg dich aufs Bett, Michl, befahl sie ihm.

Sophie, wies sie nun mich an, zieh ihm die Hose aus und schieb ihm das Hemd rauf.

Das war die Art und Weise, wie sie uns einander vorstellte: Michl – aufs Bett legen. Sophie – Hose ausziehen.

Wir taten, was uns angeschafft worden war.
Er versuchte mitzuhelfen, als ich ihm Schuhe und Hose abstreifte, doch die kleinste Bewegung bereitete ihm Qualen. Als ich seinen Rücken sah, ahnte ich weshalb. Von der Mitte bis zum Steiß waren die Muskeln steinhart, wölbten sich widernatürlich und aufs Schlimmste gespannt nach außen. Es sah aus, als trüge er einen ihn peinigenden Rückenpanzer. Vermutlich hatten seine Muskeln zugemacht, um das aus dem Lot geratene Rückgrat zu stabilisieren oder ausgetretene Knorpel. Ich tippte auf einen Bandscheibenvorfall.

Lisbeth kam zu uns ans Bett, knurrte irgendetwas Unverständliches und hielt Michl ein gesprenkeltes Kügelchen an die Lippen, das mich an das Werk eines Mistkäfers erinnerte.

Was ist das?, wollte nicht Michl wissen, der das Ding eilfertig hinunterwürgte, sondern ich.

Neigiertsnosn, reagierte Lisbeth.

Wie bitte?, fragte ich, da ich annahm, den Namen des Heilmittels nicht verstanden zu haben und mir in der Sekunde verschlossen blieb, dass mit *Neigiertsnosn* ich gemeint war.

Es sei etwas, das Michl beim Entspannen der Muskeln helfen werde, sagte die Alte. Und woraus es gemischt sei, gehe mich nichts an. Ich solle mich, anstatt die Luft weiter mit meinen Fragen zu durchlöchern, nützlich machen und etwas Wasser in einem Topf zum Kochen bringen.

Als ich mich daranmachte, erfuhr ich, weshalb Michl zuvor gemaßregelt worden war. Wie sei es nur möglich, fragte Lisbeth, dass er schon wieder vergessen habe, sich beim Arbeiten richtig zu bücken, die Bauchmuskeln anzuspannen beim schwer Heben, tief in die Knie zu gehen dabei, sich unter Belastung nicht im Stand zu drehen und ob er all das erst kapieren werde, wenn es zu spät sein würde und er ein unheilbarer Krüppel. Er sei doch wirklich der Dümmste der ganzen Sippschaft.

Entschuldige, Oma, sagte Michl.

Mein Blick pendelte von ihm zu ihr und wieder zurück. Dieser erwachsene Mann, ich wäre nie draufgekommen, war Lisbeths Enkel.

Wüstnuangfunkatn?, fragte Lisbeth.

Ich verstand, nachdem Michl Ja gesagt hatte, die Alte nämlich befüllte erneut das Kaffeehäferl und flößte ihrem daliegenden Enkel behutsam Schnaps ein, als wäre es warme Honigmilch. Als er ausgetrunken hatte, blieb sie am Bettrand sitzen, hielt kurz inne und dann rieb sie Michl mit den Fingerknöcheln über den Kopf. Ich kannte diese Bewegung. Aus längst vergangen geglaubten Zeiten, aus fernen Schultagen kannte ich sie, als Bestrafung, als Kopfnuss. In der Art aber wie die Alte sie anwandte und Michl ansah dabei, geriet sie zu einer überraschend zärtlichen Geste.

Das Wasser kocht, sagte ich, nachdem wir gewiss für Minuten nichts gesprochen hatten.

Ich stand mit dem Rücken zu den beiden, hatte nicht mehr vermocht, die Alte zu beobachten, die ihren daliegenden Enkel besah. Wie verletzlich ihre Züge waren!

Es rührte mich, denn unwillkürlich hatte ich Vater vor Augen. Zum ersten Mal, ja, wie erschreckend: Zum ersten Mal nahm ich wahr, welche Liebe er stets für mich empfunden hatte. Er, der nach außen hin Eiserne, der zeitlebens gehofft hatte, die Welt könne ihm weniger anhaben, wenn er nur seine Verletzlichkeit vor ihr verbarg.

Ich atmete durch.

Das Wasser kocht, wiederholte ich.

Lisbeth ließ mich aus einem Baumwollsäckchen drei Esslöffel Beinwellpulver entnehmen und ins kochende Wasser mischen. In diesen Sud tunkte die Alte ein grobes Stofftuch, das sie aufs Nötigste abtropfen ließ, zusammenfaltete und ohne es lange auskühlen zu lassen auf Michls Rücken klatschte, dem ein jaulendes Aaah! entfuhr. Es brachte ihm den Tadel ein, er solle nicht so wehleidig sein, schließlich habe er sich sein Schlamassel selbst eingebrockt. Mit ruppigen Handgriffen packte die Alte weitere Tücher auf den Rücken ihres Enkels, hüllte ihn rundum mit allerlei Decken ein, befahl ihm, liegen zu bleiben bis sie wiederkomme und verließ den Wohnwagen. Ich, ohne Ahnung, was nun am besten zu tun sei, folgte ihr nach draußen.

Und du, sagte sie vorgeblich streng zu mir, leg dich in die Sonne und kümmere dich um deinen Krebs. Tu was für ihn! Sie tapste mit ihrem knöchrigen Zeigefinger gegen meine Schläfe. Knurrte dann, schon im Davongehen: Liebe! Schick ihm Liebe! Liebe und Licht!

Sonne überm Zenit
Wildgänse

Ich lag in der Wiese, sah mit geschlossenen Lidern in die Sonne und dachte, dass das Leben leicht ist, wenn es so leicht ist. Und dass es sich ganz einfach, ganz spielerisch leben lässt, wenn es so leicht ist. Und dass das Leben im Grunde nur so zu meistern ist oder gar nicht.

Abseits dieses Stückchens Wiese aber, abseits dieser Lichtung hier im Wald, war das Leben keineswegs so hell, besonders nicht bei geöffneten Augen. Es kostete mitunter viel zu viel Kraft, verursachte Leid, eigenes und beobachtetes. Und das beobachtete schmerzte mitunter drängender, raubte einem den Atem und zu schreien brächte nichts. Zumeist jedenfalls konnte keine Rede sein von einem Meistern des Lebens, zumeist war es ein stümperhaftes Bewältigen.

Ich hielt noch immer die Augen geschlossen. Die Sonne stand als glühender Ball über meiner Stirn.

Ein Gedicht fiel mir ein, das Sebastian, mein Mann, mir einmal geschenkt hatte. Und da glaubte ich zu wissen, wie es gekommen war, dass das Leben mir oft schwerer geriet als nötig. Das Gedicht handelte von Sonne und Mond, die einander am Himmel trafen und ihr Rendezvous ergab sich alleine aus ihrer gesetzmäßigen Bahn. Nichts mussten sie dazu tun, keine Anstrengung war nötig. Nur zu erkennen galt es, welch schöne Möglichkeit sie hatten.

> *Die Sonne errötete bei Tage.*
> *Der Mond erglomm vor der Nacht.*
> *Welch selten schöne Lage!*
> *Weiß der Himmel, wer's erdacht.*

Mein Leben, dachte ich in diesem Moment, ich kann es leben oder es mich leben lassen. Und dann dachte ich einen Satz, der mir in dieser Sekunde so viel erschloss, auch wenn ich nicht erwarte, dass ihm sonst irgendjemand jene Bedeutung beimisst: Die Sterne schicken zu jeder Zeit ihr Licht.

Ich will mich nicht davor drücken, doch zu erklären ist dieser Satz nicht. Ihn zu erklären, hieße, ihn zu zerstören. Vielleicht können nur Kinder das verstehen, die, um das Wort heilig zu ehren, es nicht kennen müssen. Erwachsenen zerfällt unter ihrem Intellekt so oft alles in auseinanderstiebende, unwiederbringliche Einzelteile.

Ich legte zwei Finger an meine Schläfe, dorthin, wo der Krebs sich festgesetzt hatte, und dann tat ich mit einer Selbstverständlichkeit, was mir vor Kurzem noch albern erschienen wäre: Ich schickte mir Liebe. Liebe und Licht.

Eine Weile später durchpflügte eine Formation Wildgänse die Luft, scheuchte mich aus meiner bequemen Position. Ich beschirmte meine Augen vor der Sonne und sah ihnen nach. Dachte daran, wie es wäre, ihnen bei der Landung auf einem der umliegenden Teiche zuzusehen, wie sie von ihrer eleganten Dynamik im Himmel in den Ruhezustand des Wassers wechseln würden – mittels witzig anzusehender Landemanöver, die Beine samt Schwimmhäuten schräg vorangestemmt, die Flügel ausgebreitet fallschirmgleich und schließlich wassernd, etwas wackelig, doch mit heiterer Zuversicht.

An diesem Nachmittag geschah – nichts. Nichts
außer derlei Wildgansepisoden und harmlosen,
sich daraus entwickelnden Gedankenausflügen.
Nichts. Eigenartig, wie gut es mir ging damit. Für
gewöhnlich erfasste mich eine leise Nervosität,
wenn der Tag nicht mit handfesten Erledigungen
angefüllt war. An diesem Nachmittag aber schmunzelte ich darüber, meinte darin eine Paranoia zu
erkennen und nahm in kindlicher Weise an, ab
sofort letztgültig von ihr geheilt zu sein.

Ich beobachtete kleine schwarze Käferchen, die
zwischen Grashalmen irgendwelchen Erledigungen nachgingen, emsig unterwegs, als drängte ein
Geschäft. Dann auch einen größeren Artgenos-
sen, der nichts zu tun schien, als der Sonne zu ge-
statten, seinen glänzenden Chitinpanzer zu be-
scheinen. Gedanklich verbündete ich mich mit
ihm.

Würde er abends vor dem Einschlafen den Tag
Revue passieren lassen, wie ich es manchmal tat?
Würde er das Gefühl haben, er habe etwas Wich-
tiges ungetan gelassen und sei unproduktiv gewesen auf seinem Weg zum höheren Käferselbst? Und
würden seine kleineren, emsigen schwarzen Käfer-

kollegen im Gegenteil selbstzufrieden darauf zurückblicken, was sie alles vorangebracht hatten auf dieser Welt, diesen paar Quadratzentimetern Erde, ohne dass ein Schatten des Zweifels ihr Gemüt verfinsterte?

Die alte Lisbeth und Michl hatten noch einige Zeit im Wohnwagen zugebracht. Einmal war ich zur offenen Tür geschlichen und hatte hineingespäht. Die Alte hielt eben ihre Handflächen knapp über Michls Rücken und murmelte dabei unverständliches Kauderwelsch. Für mich machte es den Eindruck einer intimen Handlung, womöglich einer Zeremonie. Ich wich zurück. Doch die Alte hatte meine Gegenwart bereits bemerkt, rief *Neigiertsnosn* und lud mich ein, zuzusehen.

Es klingt großzügiger und spannender, als es war, denn die nächste gefühlte Stunde tat Lisbeth nichts anderes, als weiterhin die Hände über Michl zu halten. Ihr Gemurmel hatte sie eingestellt. Das Erstaunlichste war Lisbeths Durchhaltevermögen und das Zeichen, das die Alte ihrem Enkel auf die Haut schrieb: drei grüne Wellen mit zwei Punkten und einem Schnörkel.

Als mir die Angelegenheit zu langwierig wurde, behauptete ich, in die Büsche zu müssen. Ich hatte kaum den Wohnwagen verlassen, fuhr Lisbeth mit ihrem Gemurmel fort.

Es verstrichen wohl zwei, drei Stunden, bis die beiden endlich ins Freie traten. Mir knurrte der Magen und die Sonne war auf ihrer scheinbaren Bahn schon nahe an die Wipfel der Fichten herangerückt, die dicht an dicht den Teich umstanden. Lisbeth trat nach Michl aus der Tür, ließ sich breitbeinig auf der obersten Wohnwagenstufe nieder und stützte die Unterarme auf die Knie. Sie wirkte erschöpft.

Voneinander Abschied genommen hatten die beiden offenbar schon im Wagen, denn Michl ging davon, ohne sich umzudrehen. Und wie er ging! Die Schmerzen waren ihm zwar noch anzusehen, doch welch Unterschied zum gequälten Dahinschleppen am Vormittag!

Die Alte hatte ihm einen Sack mit Beinwellpulver mit auf den Weg gegeben. Drei Wochen würde er jeden Tag einen halben Liter Wasser zum Kochen bringen, drei Esslöffel Pulver einrühren, ein

Tuch darin tränken und es sich vor dem Einschlafen auflegen.

Ich betrachtete Michl, wie er davonschritt. Jünger und größer war er als jener Mann, der vormittags zu uns gekommen war. Knapp bevor er aus meinem Blickfeld verschwunden und in den Wald eingetaucht wäre, hielt er inne, wandte sich um. Sein Blick wischte über den im Schatten liegenden Teil der Lichtung. Als er gefunden, wonach er gesucht hatte, hob er grüßend den Arm. Ich winkte zurück.

Sonnenuntergang
Die Jenische

Lisbeth, darf ich dich was Blödes fragen?

Die Alte hob in einer kecken Art die Augenbrauen. So, als erwartete sie ohnehin nichts anderes als Unsinn von mir. Aber da war auch ein warmes Funkeln in ihrem Blick.

Hm?, brummte sie.

Das ist doch nicht nur Waldviertler Dialekt, den du sprichst, zum Beispiel mit Michl vorhin. Du bist eine aus dem Volk der Fahrenden, formulierte ich politisch korrekt, habe ich recht?

Eine aus dem Volk der Fahrenden, wiederholte sie amüsiert. Und dann fragte sie, weshalb ich mich so anstelle, ich hätte das Z doch längst gelesen auf ihrer Haut.

Sie streckte mir die Innenseite ihres Unterarms entgegen.

Die Tätowierung starrte mich vorwurfsvoll an.

Entschuldige, Lisbeth, aber du siehst gar nicht aus wie eine Romni oder Sinti.

Sie sei auch keine Romni oder Sinti, antwortete die Alte entspannt. Sie sei eine Jenische.

Jenisch – ich konnte mit dem Wort nichts anfangen. Der Hitler, sagte Lisbeth erstaunlich gefasst, habe ihre halbe Familie ins Gas geschickt. Da hätten selbst weiße Haut und blaue Augen nicht geholfen. Das Fahren habe er den Jenischen bis in alle Zeiten ausgetrieben und ihnen damit nicht nur das höchste Gut genommen, die Freiheit, er habe auch ihr Innerstes herausgerissen, ihre Wurzeln. Sie wisse nur noch von wenigen Jenischen, die sich heute zu ihrer Abstammung bekennen. Die meisten hätten sich aus Angst angepasst, seien Betonjenische geworden, die bestenfalls in den eigenen vier Wänden Jenisch redeten und die alten Bräuche pflegten. Nach außen hin aber täten sie, als wären sie Gadsche, Sesshafte. Sie lebten nicht mehr im Rhythmus der Jahreszeiten, nicht mehr mit der Natur, machten stattdessen jede Mode mit, jede Narretei. Michl, ihr Enkel, sei das beste Beispiel dafür.

Lisbeth wirkte verärgert, bedrückt womöglich. Ich zögerte, weitere Fragen zu stellen, dachte: Absurd, dass eine Minderheit, um nicht aufzufallen,

Werte aufgibt, nach denen sich in unserer Gesellschaft immer mehr Menschen sehnen.

Wann essen wir zu Abend?, erkundigte ich mich nicht nur der leichteren Konversation wegen. Seit dem Frühstück hatte ich nichts in den Magen bekommen. Ich verspürte unglaublichen Hunger.

Für das, was ich vorhätte, antwortete die Alte, sei ein leerer Magen wichtig. Danach erst bekäme ich zu essen, irgendwann nachts.

Ich schluckte. Mir war keineswegs bekannt, etwas vorzuhaben. Geschweige denn etwas, das einen leeren Magen voraussetzte. Bevor ich Einwände anbringen konnte, sagte Lisbeth, mit dem Kochen zumindest könnten wir schon einmal beginnen, und dann deutete sie mir, mitzukommen – in den Wald.

Schwammerln suchen? Ich malte mir aus, wie lange es dauern würde, ausreichend Pilze für ein Abendessen beisammenzuhaben. Außerdem konnte es nicht mehr lange dauern, bis es stockdunkel sein würde. Der Wald ließ vom langsam versiegenden Zwielicht kaum noch etwas eindringen in sein Inneres, schien die letzten indirekten Strahlen, die von der untergehenden Sonne über die Erdkimmung gesandt wurden, aufzusaugen, Baum für Baum, Zweig für Zweig, und nur die allerletzten diffusen Reste, kaum mehr Licht zu nennen, sickerten aschgrau durch bis zu uns.

Lisbeth blieb stehen, bückte sich, kippte wie aus dem Nichts vom Waldboden eine Holzplatte nach oben. Wäre sie in den sich auftuenden, mehr zu ahnenden denn zu erspähenden Hohlraum hinabgestiegen und der Hades hätte sie verschlungen auf Nimmerwiedersehen, es hätte vortrefflich zur Stimmung gepasst. Der Hohlraum indes erwies sich als Lisbeths Vorratskammer. Es war ein rechteckiges, etwa einen Meter tiefes Erdloch; die Wände ausgeschmiert mit Lehm. Ich leuchtete Lisbeth mit dem Feuerzeug, das sie mir in die Hand gedrückt hatte, und sie zog unter einem groben Juteflecken Karotten, Rüben, Zeller, Erdäpfel und Petersilie hervor.

Sie werde Feuer machen und noch ein paar Kräuter sammeln, sagte sie, als wir zurück auf der Lichtung waren. Ich solle einstweilen das Gemüse schneiden und aus dem Wohnwagen Zwiebeln, einen Zopf Knoblauch und einen Kolben getrock-

neten Kukuruz holen. Der Rest von einem Ran-
ken Speck liege in einer Schüssel unterm Bett.

Die Zwiebeln mit Schmalz und Speck anrösten,
sagte sie noch und ich sah ihren Rücken in die
Dämmerung eintauchen.

Im Wohnwagen war es waldfinster. Ich entzündete den Docht der Petroleumlampe, kramte zusammen, was Lisbeth angeschafft hatte, fand zudem Salz, ein riesiges Schneidbrett, ein beinahe
ebenso großes Messer, hatte Lust auf Kümmel und
Pfeffer, wurde fündig, geriet in eine aufgekratzte
Stimmung, griff zur Schnapsflasche, die auf dem
Tisch stand, öffnete sie und nahm, ich hatte es
noch nie gemacht, einen kräftigen Schluck direkt
aus der Flasche.

Die Wirklichkeit

Das von Lisbeth entfachte Feuer züngelte unent-
schlossen und wie nahe dem Ersterben. Wenige
Meter entfernt war eine Schar Klaubholz aufge-
schichtet. Ich bediente mich, lud einen Arm voll
auf. Die Fichtenzweige, Föhren- und Birkenäste
waren staubtrocken, fingen sofort Feuer, hell knisternd und im Widerhall des Waldes laut kna-
ckend, als brächen Knochen. Es wäre nicht nötig
gewesen, gleich weiteres Holz nachzulegen, doch
die Kraft und die Wärme der emporschießenden
Flammen nahmen mich unmittelbar ein, es ver-
langte mich nach mehr.

Das üppige Feuer fraß die Luft zwischen sich
und mir, drückte sich als Wesen mit heißem Atem
an mein Gesicht, meinen Körper. Ich ließ es nicht
nur gewähren, atmete es gierig ein, sog es tief in
meine Lungen, meine Venen, bis auch ich brannte,
mein Blut im Rausch.

Je niedriger sich die Flammen in den Himmel schoben, desto ruhiger wurde auch ich, atmete auch ich. Schließlich fingerte das Feuer nur noch spielerisch empor, zerbrach die Glut, sank zur Asche, schwerelos. Ich sah die Entschleunigung der Welt. Welche Stille.

Die Alte kam.

Ich sehe, du machst Fortschritte, sagte sie ruhig. Du kümmerst dich um deine Weiblichkeit.

Ich bin nur dagesessen und hab ganz vergessen, das Gemüse zu schneiden.

Die Alte schmunzelte. Du hast mit dem Feuer getanzt.

Ich habe mich nicht von der Stelle bewegt.

Du weißt, was ich meine, raunte sie.

Natürlich tat ich das. Doch hatte ich es mir nicht eingestanden bis gerade eben. Eigenartig, wie fremd das Ureigene einem werden kann.

Lisbeth und ich hockten nebeneinander und zerkleinerten im Schein der Flammen das Gemüse.

Unsere Weiblichkeit ist ein Geschenk, an die Welt, aber zuerst an uns, sagte die Alte. Ungewohnt leise sprach sie in den Abendwind. Ich hörte ihre Worte, als säße ich nicht nahe bei ihr, sondern wie entrückt, Sinn für Sinn aufnehmend statt Wort für Wort. Der Fluss des Lebens, den wir Frauen in unserer Mitte spürten, sprach die Alte, sei unser. Alleine das Weibliche nähre den Tag und heile die Nacht. Und die Welt ruhe entgegen jeder Täuschung gewiss nicht auf den Schultern des Mannes, sondern tief im Bauch der Frau.

Männer, hörte ich Lisbeth flüstern, müssen sich das Leben stets aufs Neue erkämpfen und erdenken, mühevoll, fehlerhaft. Uns fällt das Leben zu. Ganz und satt, wie es ist. Welten, Monde, Sterne tragen wir in uns. Nimm es an, sagte Lisbeth, damit du es nicht vergisst.

Ansatzlos stand die Alte auf, um Zwiebeln und Speck anzurösten. Sie rührte im Feuerkessel. Der würzige Duft strich in meine Nase und löste augenblicklich einen Appetitschub aus. Mir lief regelrecht das Wasser im Mund zusammen. Lisbeth mengte drei Esslöffel Mehl ein, goss aus der Korbflasche mit Wasser auf und kippte das Gemüse in den Kessel. Ohne sich die Mühe zu machen, die

Kräuter zu hacken, warf sie zwei gehäufte Handvoll Thymian, Sauerampfer, Schafgarbenblätter und Spitzwegerich in den Kessel, setzte einen alten emaillierten Deckel darauf, der mehr schlecht als recht passte, und sagte zufrieden: So.

Eine Stunde bleibe nun, plauderte die Alte geschäftig, bis das Gemüse weich gekocht sei, wir es würzen und einreduzieren lassen. *Gnofe* fehle noch, bemerkte sie, brach kurzerhand drei Knoblauchknollen vom Zopf und warf sie als Ganzes ungeschält in den Topf.

Hätten wir sie nicht schälen sollen?

Unnötige Arbeit, war ihre Antwort, ich könne meine drei Happerln beim Essen ja einfach auszuzeln.

Alle drei seien für mich? Esse sie selbst denn keinen Knoblauch?

Diesmal nicht, gab Lisbeth bekannt. Dieses Mal sei alles für mich. Werde mir guttun, Knoblauch heile neunundneunzig Krankheiten.

Auch Gehirntumore?, fragte ich spontan.

Nein, Gehirntumore nicht, sagte sie. Und sah mich an.

Ich musste lachen.

Du machst gute Fortschritte, sagte Lisbeth.

Aber, begann sie zu ergänzen und ich beendete ihren Satz: Aber ich bin ein schwieriger Fall.

Genau.

Eine Weile taten wir nichts weiter, als nebeneinanderzusitzen und ins Feuer zu sehen. Rundum war es still und kohlrabenschwarz. Ab und zu streifte Wind in sanften Wellen über die Bäume.

Glaubst du, völlig gesund zu werden?, fragte die Alte in die Nacht hinein.

Hoffentlich.

Mit Hoffnung, sie schüttelte leise den Kopf, sei nichts zu gewinnen. Hoffnung sei passiv. Nötig sei Glaube. Das sei die stärkste Kraft auf Erden. Glaube könne Berge versetzen. Ich müsse das wortwörtlich verstehen, nicht bloß gleichnishaft.

Ich nickte, kein bisschen überzeugt.

Du würdest gerne glauben, dass du mit dem, was ich dir zeige, gesund werden kannst, traust dich aber nicht, darauf zu setzen.

Vermutlich ist es so, dachte ich.

Es liege am Egoverstand, sagte die Alte, verwendete den Begriff wie selbstverständlich. Sobald ich mein Leben nicht ausschließlich nach ihm ausrichten würde, sondern auf mein Gefühl vertraute, fürchte er um seinen Einfluss. Was alles geschehen könnte, ließe ich meinen Verstand einmal los! – warne mich dann mein Verstand. Buchstäblich losgelöst wäre ich, könnte fallen ins Nichts, in einen unkontrollierbaren Zustand, den Irrsinn womöglich. Oder stattdessen gar in die Wirklichkeit, denn was, fragte die Alte, wenn mein Egoverstand ein Gaukler wäre, der mir meine von ihm geschaffene Realität als einzige mögliche Welt verkaufe, während tatsächlich diese Realität aber einer Bühne ähnle, auf der das Leben spiele, und jenseits davon eine größere Wirklichkeit beginne, in die ich mich hinausfallen lassen könne, gerade so, wie ich gewiss schon einmal aus einem Theater vom Dunkeln nach draußen ins Licht gestürzt sei.

Woher soll ich wissen, wandte ich ein, dass nicht Glaube und Gefühl die Gaukler sind?

Ich könne es einfach ausprobieren, antwortete Lisbeth. Aber vermutlich scheute ich davor zurück, da mir Theaterdirektor Egoverstand zuflüstere, dass ich damit meine gewohnte, sichere, kleine Bühne verlassen und mich ins unkontrollierbare Draußen begäbe. Sonderbar, nicht wahr: Ich dächte, in meiner kleinen Bühnenwelt hätte ich alles im Griff. Und doch wuchere ein tischtennisballgroßer Tumor in meinem Kopf.

Die Provokation Lisbeths überraschte mich. Doch als ich mich ihr zuwandte und sie im Flackern des Feuers betrachtete, erkannte ich erneut ein aus Hunderten feinen Fältchen gezeichnetes Gesicht und einen fürsorglichen Blick. Die Alte trug ihre Amethyst-Ohrhänger und ihr märchenhafter Zopf lag nach vorne gestreift über Schulter und Brust. Sie wirkte noch älter als bisher und in diesen Sekunden so zerbrechlich, dass es mich sonderbar bedrückte, ja ängstigte. In ihrem Blick aber, Gott sei Dank, in ihren blauen Augen, leuchtete eine Kraft, als säße mir ein blutjunges Mädchen gegenüber.

Die Angst vor dem Öffnen und Zulassen, sagte sie, dein Wollen aber nicht Trauen, das zermürbt dich. Und es blockiert deine Heilung.

Sie bot mir etwas an: ein Kügelchen ähnlich jenem, das Michl zu schlucken bekam. Ruhig lag es in ihrer flachen Hand.

Was ist das?

Damit bringen wir deinem Egoverstand bei, dass er sich nicht so wichtig nehmen soll.

Das Kügelchen lag vor mir wie eine riskante Möglichkeit. Ich griff danach, steckte es in den Mund, schluckte. Es war rau und kratzig. Und: Es schien in meinem Rachen festzustecken. Ich würgte. Die Alte reichte mir den Obstler. Ich trank zwei, drei Schluck. Endlich war das Ding unten. Der Schnaps brannte heiß in meiner Kehle. Geräuschvoll blies ich hochprozentige Luft aus.

Was genau bewirkt die Kugel?, fragte ich hustend.

Damit mixen wir dein Hirn durch.

Spannend! Ich versuchte zu lachen. Und warum mixen wir mein Hirn durch?

Weil es sonst nicht in die Erde passt.

Ich sah sie an. Lisbeth grinste.

Noch Schnaps?, fragte sie.

Nein danke!

Ohne Schnaps wird dir kalt werden.

Ich fühle mich ganz wohl.

Jetzt noch, aber wenn du nackt sein wirst?

Wieso nackt?

Die Frage erheiterte sie. Willst du angezogen baden in Mutter Erde?

Das war es also. Ich sollte mich erden. Einmal hatte ich das schon versucht, bei einem gruppendynamischen Seminar. Es war nicht viel mehr gewesen als ein angenehmes, sattes Herumliegen auf einer Wiese.

Diesmal also nackt und mitten im Wald bei einer alten Einsiedlerin. Auch kein Problem. Ich griff nach der Schnapsflasche. Dachte: Wenn das so weitergeht, komme ich noch als Alkoholikerin zu Ehemann und Kindern heim.

Eine Wirkung des Kügelchens bemerkte ich nicht. Auch nicht nach gewiss einer Viertelstunde Starrens ins Feuer. Und ebenso wenig, nachdem ich mich ausgezogen hatte. Was hingegen guttat, war die befeuernde Wirkung des Klaren.

Lisbeth hieß mich ein Dutzend Mal rasch und tief einatmen. Ich machte es und war drauf und dran zu hyperventilieren. Mir wurde schwindelig.

Leg dich flach auf den Rücken, sagte sie, schließ die Augen.

Ich erschauerte, nasskaltes Gras biss auf meiner Haut. Ich versuchte, den Rhythmus meines Herzens zu beruhigen.

Lass dich sinken, hörte ich die Alte sagen. Sinke in die Erde, sinke in die Mutter. Werde eins mit ihr.

Ich weiß, es klingt reichlich seltsam, aber ich sank tatsächlich in den Boden, hatte das Gefühl, als wäre mein Körper lückenlos umgeben von Erde. Als badete ich in einem Kokon. Alleine: Mein Kopf stand noch heraus.

Mein Kopf geht nicht rein, sagte ich.

Mädchen, Mädchen, meinte Lisbeth. Du bist ein schwieriger Fall.

In diesem Zustand – kopflos unter der Erde, körperlos darüber – verharrte ich einige Zeit. Es fühlte sich ganz gut an, und der Teil in der Erde definitiv besser als jener außerhalb. Schließlich löste sich das Bad in Mutter Erde nach und nach auf, ganz so, als ob jemand den Stöpsel aus einer Badewanne gezogen hätte.

Wie geht es dir?, erkundigte sich die Alte, als ich wieder angezogen am Feuer saß.

Gut, es hat sich angefühlt, als wäre ich in die Erde gesunken, mit etwas Schieflage zwar, die Beine weiter unten als der Oberkörper und der Kopf heraußen, aber immerhin. Erstaunlich, sagte ich, was Einbildung möglich mache.

Du warst wirklich unter der Erde, meinte Lisbeth knapp.

Natürlich nicht, lautete mein Konter, aber es war schon sehr real, es hat sich tatsächlich angefühlt, als wäre ich inmitten der Erde.

Du warst inmitten der Erde, beharrte die Alte. Weshalb ich meinem Gefühl nicht traute? Es sei das Klügste, was ich besäße, sei gespeist aus jahrtausendelanger Erfahrung, mein Intellekt hingegen sei jung und unausgegoren. Er könne nicht begreifen, dass alles Leben mehrdimensional sei und ich zuvor tatsächlich in die Erde geglitten sei, während mein Körper regungslos darauf liegen blieb. Mit dem Bad in Mutter Erde wäre mein Vertrauen ins Leben erneuert worden, hätte sich mein erstaunlich hartnäckiger Egoverstand nicht quergelegt. Und dass ausgerechnet mein Dickschädel nicht in die Erde wollte, spreche wohl Bände.

Ich zuckte entschuldigend mit den Schultern.

Kein plausibler, ein paradoxer Satz Lisbeths war es, der meinem Verstand ein Schlupfloch zu ihrer

Welt öffnete: Du möchtest wissen, aber dir fehlt der Glaube dazu.

Glaube werde zu mächtigem Wissen, wenn er dank seiner Festigkeit die Schwelle des Egoverstands durchbräche. Dann eröffneten sich einem Menschen seine unbegrenzten Möglichkeiten.

Ich konnte das tatsächlich nachvollziehen. Selbst mein misstrauischer Verstand schloss im Moment nicht aus, dass es genauso sein mochte, und dass uns all die mitunter beim Träumen erlebten Unmöglichkeiten wie etwa das Gleiten im Himmel, das Bewirken von Wundern oder auch fantastische Phänomene wie Unendlichkeit, Sprünge in der Zeit und Schwerelosigkeit eine Ahnung davon verschafften, welche Möglichkeiten in uns schlummern.

Was ich zu denken imstande sei und woran ich uneingeschränkt glaubte, sei in meine Realität übertragbar, sagte die Alte. Du alleine erschaffst deine Welt. Und deshalb, einmal rate sie es mir noch, solle ich meinem Krebs Liebe und Licht schicken, das sei die Art und Weise, wie ich ihn und mich erlösen könne.

Lisbeth hielt inne – ein neuer Gedanke in ihren schelmischen Augen. Gott ist möglich, sagte sie. Dein Wille geschehe.

Sie entzündete eine Kerze in einem bauchigen Glas, drückte es mir in die Hände.

Schaue ohne Unterbrechung in die Flamme, ordnete sie an und ging Richtung Wohnwagen, verschwand in der Nacht.

Komm her!, rief sie kurz darauf. Aber schau beim Gehen weiter auf die Kerze!

In die Flamme sehend und tastend einen Schritt vor den anderen setzend, ging ich zum Wohnwagen. Schielte dort nach rechts und nach links, Lisbeth war nicht da.

Starre weiter in die Flamme!, rief sie. Und stell die Kerze im Türrahmen ab! Es klang, als stünde die Alte nun hinter dem Wohnwagen.

Ich sah also zur Kerze, die ich auf die Türschwelle gestellt hatte.

Blas die Kerze jetzt aus!

Ich tat es.

Schließ die Augen. Was siehst du?

Ich sah ein Licht, flammenähnlich, doch weiß

und kompakt und plastisch wie ein flüssiger Kristall. Rund um dieses Licht sah ich wie durch einen sehr durchlässigen Filter das Innere des Wohnwagens mit dem Altar in der Ecke.

Und was siehst du jetzt?

Das Licht bewegt sich auf und ab, sagte ich.

Wo bewegt es sich auf und ab?

Hinter einem Baumstamm, sagte ich. Der Baum war, wie der Altar, der Tisch, der Sessel und auch die hölzerne Wohnwagenwand, transparent.

Hinter welchem Baum ist das Licht? Zähl vom Altar aus!

Hinter dem vierten. Ich sehe das Bewegen des Lichts hinter dem vierten Baum.

Bist du sicher?

Ich zählte nach.

Ja, völlig sicher!

Du kannst jetzt die Augen aufmachen, sagte sie und kam näher, ich hörte das Knacksen von Zweigen am Waldboden. Sie hielt die Petroleumlampe in Händen.

Was hast du gesehen?, fragte sie abermals.

Das Bewegen eines Lichts hinter dem vierten

Baum, wiederholte ich, dachte nun erstmals darüber nach. Aber das ist unmöglich, bemerkte ich. Meine Augen waren geschlossen und trotzdem sah ich etwas; erkannte durch den Wohnwagen und den Baumstamm hindurch ein Licht, das sich auf und ab bewegte. Völlig unmöglich.

Was war das für ein Zaubertrick?, fragte ich und überlegte, wie die Alte es angestellt haben mochte, führte die Illusion auf die halluzinogene Wirkung des Kügelchens und auf den Schnaps zurück, fühlte mich aber weder benommen noch betrunken.

Dein Verstand, sagte die Alte ernst, kämpft im Moment um die Deutungshoheit in dir. Er argumentiert wider alle Beweise und dennoch bist du drauf und dran, ihm erneut blind zu folgen. Dasselbe gilt für deine Heilung, gegen die du dich wehrst, weil dein kleiner Egoverstand sie nicht für möglich hält. Dein Verstand ist dein Meister, anstatt du seine Meisterin. Er sagt dir, dass alles nur ein Zaubertrick war. Nun, dann lass deinen Meister einmal sehen, was auf dem Zettel steht, der auf dem Tisch liegt.

Die Alte reichte mir die Petroleumlampe und wies ins Wageninnere. Ich trat ein. Auf dem Tisch lag ein mit violettem Stift krakelig beschriebener Zettel. Ich hielt ihn ins Licht. Nur ein Satz stand darauf, ein Wort davon unterstrichen: Bewegung von Licht hinter dem vierten Baum.

Ich blickte vom Wohnwagen nach draußen in die Nacht. Lisbeth war davongegangen. Als ich ins Freie trat, erkannte ich, dass sie am Lagerfeuer hantierte.

Jetzt können wir essen!, rief sie ohne herzusehen.

Der Traum

Ich hatte mit geschlossenen Lidern durch Holz-
wände und Baumstämme gesehen, Materie war
demnach Energie. Das Erlebte war derart eindeu-
tig gewesen, dass selbst mein Verstand klein beizu-
geben schien. Die Wirklichkeit lautete: Alles war
möglich. Und: Mir war alles möglich. Also war
auch Heilung möglich. Ich musste es nur sehen.

Diese Nacht träumte mir, ich sei bei einer alten
Einsiedlerin im Wald. Anders als jemals zuvor war
mir bewusst, dass der Traum nicht von mir aus-
ging, also nicht ich träumte, sondern es in mir
träumte. Auch war mir klar, dass ich schlief und
es ein Traum war, den mein Traum-Ich für wahr
nahm. Die alte Einsiedlerin hielt mir in stockdunkler Nacht eine violette Kerze vors Gesicht.
Greif nach der Flamme, forderte sie mich auf. Als
ich es tat, durchflutete mich warmes Licht. Was
siehst du von deiner Hand und deinem Arm?,

fragte die Alte. Nichts, sagte ich. Wisch mit diesem Nichts durch dich. Tu es langsam, von Kopf bis Fuß. Ich tat es und es fühlte sich an, als glitte meine Hand durch luftigen Staub. Das ist nicht möglich, sagte das Ich im Traum, was mich wunderte und ärgerte, weil es doch so einfach war. Nimm die Flamme, sagte da die Alte zu meinem Ich, halte die Hände auf und trinke sie, damit du nicht vergisst, was wirklich ist.

Licht und Schatten

Der nächste Tag war so hell, dass ich ihn spürte, bevor ich die Augen aufschlug. Ich roch klare Frische. Lisbeth hatte Fenster und Tür geöffnet. Die Helligkeit sank als Morgenglanz vom Himmel, pfiff als Vogelgezwitscher ins Innere des Wohnwagens und schuf eine Beschwingtheit in mir, die in überraschte Belustigung umschlug und nicht in Erschrecken, wie es bei mir üblich gewesen wäre, als mir einfiel, dass ich gestern darauf vergessen hatte, mich bei meinem Mann und meinen Kindern zu melden.

Ich schlug die Augen auf und lächelte. Lächelte dann auch noch über mein Lächeln. Die Sonne griff in schrägen Winkeln durch Tür und Fenster, schuf im Wohnwagen zwei Korridore aus Licht. In denen schwebten silbrige Teilchen gleich Sternenstaub. Ich kann mich mitten in diese sonnenwarme, helle Atmosphäre stellen, dachte ich im Bett liegend und vergrub mich behaglich unter der

Decke. Oder ich kann mich daneben hinstellen, dorthin, wo es trüber, dunkler, kühler ist. Ich schloss die Augen und versetzte mich ins Licht.

Lisbeth?, hatte ich gestern spätnachts gefragt, gefragt wie ein kleines Kind seine Mutter, Lisbeth, warum ist die Welt wie sie ist? Die Alte hatte von der flackernden Glut aufgesehen.

Wäre es dir lieber, fragte sie, wenn wir im Innersten der Schöpfung wären, in der Vollkommenheit? Sie nahm einen tiefen Zug von ihrer Selbstgedrehten, spuckte Tabak, der ihr zwischen die Lippen gekommen war, neben sich ins Gras. Sog dann nochmals Rauch ein und raunte: Im innersten Moment ist der Kosmos perfekt, keine Regung stört. Das Sein, meinte sie lakonisch, sei vollendet. Aber es handle sich nicht um Leben, sondern um einen Zustand. Aus ihm, dem scheinbaren Nichts, sei unser All entstanden, das sich ausdehne, um seine Perfektion in unendlichen, einander ergänzenden Widersprüchlichkeiten aufzulösen; in vermeintlicher Unvollkommenheit – in Leben.

Wind fuhr in die Glut, entflammte sie. Ich erkannte, dass die Alte mich anblickte. Du kannst dich jederzeit hineinversetzen in die helle Makellosigkeit, in der du und ich und alles rund um uns geboren wurde, sagte sie. Wenn du danach die Augen öffnest, wirst du den Sinn auch in dieser Welt erkennen; im Wechselspiel aus Licht und Schatten; in Flut und Ebbe aus Freude und Leid.

Immer? Werde ich den Sinn dann immer erkennen?

Mädchen! Doch nicht immer! Sie schüttelte belustigt den Kopf.

Es musste sehr spät gewesen sein, als ich schlafen ging. Jetzt aber war ich voll Energie, warf die Decke mit einem Gefühl des Übermuts zurück, sprang aus dem Bett und stellte mich in den strahlenden Korridor aus Licht, den die Morgensonne in den Wohnwagen schob. Im Licht war es kühl, das hatte ich nicht erwartet. Ich wickelte die noch körperwarme Decke um mich, ging zur offenen Tür und sog Luft ein. Zinnern glänzte der Himmel.

Augenblicklich hatte ich Lust zu schwimmen. Und tat es. Anstatt die Spontanität mit rationalem Unsinn lächerlich zu machen, wie es sonst so meine Art war, schritt ich bloßfüßig und mitsamt der umgewickelten Decke auf den gewiss klirrend

morgenkalten Teich zu, tat es energisch, wahnsin-
nig energisch, sodass mein Verstand nicht Schritt
halten konnte, gar nicht rasch genug protestieren
oder Argumente vorbringen konnte. Kühl stieg
vom Moorteich Nebel auf. Ich warf die Decke
ins Gras, nahm Anlauf, kreischte, kreischte wie
eine Pubertierende auf einem Rockkonzert, und
sprang.

Es stellte sich heraus, dass der Moorteich an dieser Stelle nur einen Meter tief war. Das überraschte
mich doch ziemlich. Womöglich wäre es zu ahnen
gewesen, gut, aber mein neunmalkluger Verstand
war auch nicht darauf gekommen. Zum Glück
hatte ich keinen Kopfsprung gemacht. Ich steckte
bis zu den Knien im Schlamm. Der Schlamm,
interessant, war noch kälter als das kalte Teichwasser. Kurz prustete ich vor Schreck und auf-
kommender Panik, dann gelang es mir, meine
Beine zu befreien. Und gleich darauf war ich wirklich – ich muss es so flapsig sagen – war ich wirklich cool. Ich flüchtete nicht ans Ufer, sondern
schwamm. Schwamm eine ausgedehnte Runde im
Moorteich. Mein Verstand schaute blöd.

Was glaubst du, hab ich grad gemacht? Ich hielt das Handy mit spitzen Fingern. Vom Graben in der Torferde waren meine Hände fettig schwarz.

Sebastian klang, als hätte ich ihn geweckt. Erst als ich erzählte, eben in einem herrlich kalten Teich geschwommen zu sein, wurde er munter.

Bist du verrückt Sophie? Du holst dir noch den Tod!

Gleich danach: betroffenes Schweigen am anderen Ende der Verbindung.

Schon gut, sagte ich lachend. Ich hol mir nicht den Tod. Eher das Leben. Mir geht's wirklich gut hier. Ich glaube, ich mach Fortschritte.

Ich freute mich, freute mich wirklich, Sebastian zu hören, war erleichtert zu erfahren, dass es den Kindern gut ging, aber gleich danach war da so ein Gefühl. Ich vermag gar nicht zu erklären, welcher Art es war, es fühlte sich nach Pflicht an, nach Schwere. Sebastian konnte nichts dafür, aber ich fürchtete, dass mein Himmel, würden wir weiter reden, nicht mehr so klar sein würde wie gerade eben. Ich liebte Sebastian, liebte freilich meine Kinder, aber umso bedrückender fühlte es sich an, wenn der Daheim-Himmel so oft verhangen war von trüben Gedanken. Daheim wirkte so oft gar nicht wie daheim. Um es diesmal erst gar nicht so weit kommen zu lassen, begann ich, kindischen Unsinn ins Handy zu reden, sagte: Die Alte und ich werden jetzt frühstücken, ich hab schon richtig Lust auf einen Guten-Morgen-Schnaps. Und vielleicht täte es mir auch gut (das erfand ich jetzt spontan), wenn ich zu rauchen anfinge. Die Alte pofelt eine Filterlose nach der anderen, ist tausend Jahre alt und schaut topfit aus.

Wenn du meinst, Sophie, antwortete Sebastian, der mich für übergeschnappt halten musste, und ich hörte in meinem Kopf, was er darüber hinaus dachte, sich aber zu sagen verkniff: Wenn du denkst, dass Rauchen angesichts deiner Krebserkrankung hilfreich ist.

Ich melde mich in ein, zwei Tagen wieder, sagte ich rasch, küss die Kinder und bitte gib Barbara Bescheid, dass alles in Ordnung ist.

Nachdem ich das Handy wieder zur Armbanduhr in die Kunststofftasche gesteckt und in der Erde vergraben hatte, sah ich auf und ging näher. Blickte auf den spiegelnden Teich, beobachtete darin lose

Wolkenformationen vorüberziehen, spürte sie über die Stirn streichen, sanft eindringen, Himmelkopf. Und dann tagträumte ich einen einsamen Satz: Niemals wurden wir vertrieben aus dem Paradies.

Alphabet

Nicht an jenem Tag, erst im Nachhinein, erst jetzt während des Notierens, bemerke ich, dass ich beim Teich wie selbstverständlich telefonierte, obwohl bei meiner Ankunft dort kein Empfang gewesen war. Ich könnte es Zufall nennen, veränderte Wetterbedingungen, könnte gar so weit gehen zu glauben, ich hätte Empfang gemacht, wie Lisbeth es mir einmal aufgetragen hatte.

Du hast es bewirkt, zerdenke es jetzt nicht, höre ich die Alte sagen. Das Denken ..., es hatte bei ihr bloß den allernotwendigsten Stellenwert. Noch schlechter kam Grübelei weg oder gar Intellektualität.

Lass das dumme Denken, mahnte sie mich immer wieder. Mit Nachdenken, so ihre feste Meinung, komme man der Wirklichkeit nicht näher. Der Verstand nämlich stecke in seiner eigenen Muster-Welt, die zu überschreiten er nicht fähig sei. Denken sei nur sinnvoll, sagte sie einmal borstig, wenn es um die täglichen Erfordernisse gehe. Darüber hinaus sei Denken nur etwas für Wissenschaftler. Sie tippte sich mit dem Zeigefinger an die Schläfe und unklar blieb, ob sie damit ihre abschätzige Meinung zur Wissenschaft im Allgemeinen ausdrückte oder auf die Ratlosigkeit meiner Tumorärzte anspielte. Bei allem, was über alltägliche Belange hinausreiche, bei allem wirklich Entscheidenden, sagte sie ungewohnt bewegt, führe Denken zu nichts. Und dann der Satz, der mir die Ursache ihrer Emotionalität aufschloss: *Mitn Denga hede meine Leit neama lebat gmocht.* Sie wandte ihren Blick ab. *Mitn Gschpian owa scho.* Nun sah sie doch zu mir, geradewegs, mit klarblauen Augen.

Gewiss, mit Denken hätte sie es nicht vermocht, ihre Lieben wieder zum Leben zu erwecken. Der Blick nach innen aber, ihr *Gschpia*, überzeugte Lisbeth, dass selbst Auschwitz es nicht geschafft hatte, ihre Familie zu entzweien. Mit knöchernem Finger klopfte die Alte gegen ihr Brustbein. Hier drinnen seien ihre Seelen, hier drinnen gemeinsam mit der ihren.

Im Gegensatz zur Ewigkeit der Seele, sagte die Alte, seien Denken und Intellekt beschränkt, ähnlich dem auf sechsundzwanzig Buchstaben beschränkten Alphabet.

In keiner menschlichen Sprache, behauptete Lisbeth, nicht einmal im Jenischen, fügte sie plötzlich wieder launig hinzu, gebe es Worte, die ausdrücken können, wie das Leben wirklich ist zu uns, was Wahrheit ist, Kosmos, Gott und Herzensflug. Deshalb, meinte sie, machten die Menschen ja Musik, deshalb tanzten sie, feierten, sängen. Deshalb auch schufen sie Zirkus, Theater, Magie und fänden sich nicht in Sachbüchern wieder, sondern in Gedichten, die Worte beiseiteließen, um beredt zu sein.

Der Tag, an dem Lisbeth dies sagte, der Tag, an dem ich morgens gedankenlos in den Teich sprang und gänsehäutig glücklich zum Wohnwagen zurückkehrte, sollte – ich ahnte es nicht – mein letzter bei Lisbeth sein.

Ego, Glück und Regenwurm

Auf der taunassen Wiese pflückte ich ein Gänseblümchen, mit nackten Zehen, einfach im Vorübergehen. Ich bemerkte es, als ich mich zu Lisbeth setzte. Sie hockte beim Feuerplatz und flocht einen Korb.

Für wen ist der?

Für eine Freundin, brummte die Alte.

Wie lange brauchst du dafür?

Hast du heute schon deine Medizin genommen?, kam als Gegenfrage.

Ja, Lisbeth.

Vergiss es nicht, auch nicht, wenn du wieder in der Stadt bist.

Nein, Lisbeth, ich vergesse es nicht, beruhigte ich sie. Weihrauch kaue ich fast rund um die Uhr, das Stockschwammerlpulver hab ich heute schon genommen und gleich nachher reibe ich mir die Schläfen mit Johanniskrautöl ein.

Und Licht schicken.

Lisbeth, ja.

Wie lange brauchst du fürs Flechten solch eines Korbes?

Sie seufzte.

Einen Tag, vielleicht zwei. Ich kann nicht mehr so schnell wie früher. Außerdem, sagte sie und schüttelte ihre ermüdete Hand aus, will ich auch nicht mehr so schnell.

Das Grundgerüst des Korbes fertigte die Alte aus eingeweichten Haselnussstecken, die sie bog und teils zu Streifen spaltete. Die dazwischen eingeflochtenen Stränge waren aus Weidenzweigen. Lisbeth hatte sie im Feuerkessel noch biegsamer gekocht. Der Korb, sagte sie sichtlich mit Freude und drehte ihn in ihren Händen, werde der künftigen Besitzerin gute Dienste erweisen. Zudem werde sie mit ihm die vier Elemente bei sich tragen. Denn Weide und Haselnuss seien in der Erde gewachsen, danach durch Feuer und Wasser gegangen, und die Luft, ja, die dichtmaschig eingeflochtene Luft, sei der wichtigste Bestandteil des Korbes.

Die Alte unterbrach ihre Arbeit. *Gwant, do nascht unsa Bossat au.*

Was?

Unser Abendessen. Sie hob das Kinn.

Eben trat eine Frau aus dem Waldschatten. Sie war mittleren Alters, unscheinbar. Als sie näher kam und uns bemerkte, blieb sie stehen. Etwas schien sie zu irritieren, es war wohl ich. Erst als Lisbeth ihr einladend winkte, wagte sie sich näher. Mit unstetem, misstrauischem Blick musterte sie mich.

Servas Lisbeth, *i hobda Leem und Bossat mitbrocht.*

Aus dem Korb, den sie neben Lisbeth in die Wiese gestellt hatte, hob sie einen Wecken Brot und, dem Folienpapier nach zu schließen, ein großes Stück Fleisch.

Daunksche, mogst an Schwoazmolla? Lisbeth wies auf die türkische Kaffeekanne, die am Rand des Lagerfeuers stand.

Die Frau winkte ab, schielte in meine Richtung. *I kim a aundas moe,* murrte sie, machte eine wegwerfende Handbewegung (ziemlich frech, in meine Richtung) und drehte ab.

Wie geht's Josef?, fragte Lisbeth, schon in ihren Rücken hinein.

Erst jetzt schien der Frau einzufallen, weshalb sie gekommen war. Umständlich bedankte sie sich. Sie wolle gar nicht wissen, wie Lisbeth es angestellt habe, aber seit ihr Sohn über Nacht hier gewesen war, sei er wieder der Alte, habe wieder *Gfunkert in de Scheinling.*

Noch einmal sah sie missfällig nach mir, wandte sich dann endgültig um und ging.

Was hatte ihr Sohn? Wie hast du ihm geholfen?

Anstatt mir zu antworten, fuhr Lisbeth mit ihrer Arbeit am Korb fort, nahm einen abgerindeten Weidenzweig aus dem Wassertrog und flocht ihn sorgsam ein. Ich widerstand, meine Frage zu wiederholen. Wenn sie nicht antworten wollte, sollte es mir auch recht sein. Vor wenigen Tagen noch hätte es mich rasend gemacht, nicht prompt Antwort zu bekommen. Die neue Gelassenheit war angenehm. Ich ließ den Wunsch nach einer Antwort ganz einfach los. Selbst körperlich fühlte ich, dass es mich erleichterte.

Kumt wias kumt, hatte mein Großvater oft gesagt. Es kommt, wie es kommt. Als kleines Mädchen war mir sein Spruch gehörig auf die Nerven gegangen. Ich wollte all meine Fragen konkret beantwortet, meine Wünsche sofort erfüllt haben. *Kumt wias kumt* – so eine faule Ausrede! Nun erst, Jahrzehnte später, jetzt, da ich der flechtenden Lisbeth gegenübersaß und unvermutet entspannt war, eben weil ich nichts fest im Griff haben, nichts unbedingt erreichen musste, jetzt erst erschloss sich mir das Motiv von Großvaters Lebensmotto. *Kumt wias kumt;* es kommt wie es kommt – wie viel Druck das nimmt! Und welche Freiheit es schafft! Ich besah Lisbeth und weil ich an Großvater dachte, lächelte ich sie unwillkürlich an. Die Alte sah auf und lächelte still zurück. Beendete dann einen weiteren Strang. Nahm einen neuen auf und sagte: Die Lebensfreude hat ihm gefehlt.

Es war ihre Antwort auf meine vor zig Minuten gestellte Frage.

Du willst nicht sterben und Josef wollte nicht leben, sagte sie, ohne das Auf und Ab ihres Flechtens zu unterbrechen. Sie habe Josef mit Blickmagie geholfen.

Und dann sprach die Alte weiter, ohne dass ich

sie dazu drängen musste. Den Blick, sagte Lisbeth, wende sie nur in Notfällen an, es sei in der Regel nicht gut, in anderer Gedanken einzugreifen. Josef hatte gedacht, für immer unglücklich sein zu müssen. Doch das sei unmöglich, da Glück ewig sei, ein Dauerzustand. Kommen und gehen würde nur das Unglück, das zwischendurch den Blick aufs Glück verstelle.

Glück, fuhr Lisbeth fort, sei wie die Sonne. Sie scheine unaufhörlich, selbst wenn dunkle Nacht oder finstere Wolken anderes glauben ließen. Für Josef habe sie nichts weiter getan, als ein paar Unglückswolken in seinem Hirnkastl beiseitezuschieben, damit er das Licht dahinter wieder sehen konnte.

Das klang schön, war mir aber zu abstrakt. Ich sah Lisbeth an und wieder schien meine neue Gelassenheit, mein Es-kommt-wie-es-Kommt, zu wirken.

Josefs Ego habe ihn beinahe in den Selbstmord getrieben, erklärte die Alte ungefragt. Es sei schwer gekränkt gewesen, weil es von Josefs Freundin verlassen worden sei. Das nämlich sei der Fall gewesen: Die Freundin habe nicht Josef verlassen (an ihm hänge noch immer ihr Herz), sondern sie habe dessen Ego verlassen.

Sie habe Josef klargemacht, plauderte Lisbeth weiter, dass also vornehmlich nicht er, sondern sein Ego Pech gehabt habe. Josefs Glück hingegen hänge keineswegs davon ab, was er bekomme oder habe, sondern davon, was er sei – und ob er danach handle.

Wenn Josef loslasse von seinem Ego, geschehe wie selbstverständlich und geradezu unvermeidlich, was richtig sei. *Kumt wias kumt,* dachte ich.

Das also war es in etwa gewesen, was die Alte Josef mit ihrer Blickmagie (gemeint war wohl Hypnose) in den Kopf gesetzt hatte.

Außerdem wollte er kein Regenwurm werden, sagte die Alte plötzlich.

Das nämlich, meinte sie trocken, wäre im Fall eines Selbstmordes bei seiner Reinkarnation herausgekommen. Er wäre als Regenwurm wiedergeboren worden.

Als Regenwurm?

Als Regenwurm.

Ich schmunzelte. Doch Lisbeth blieb ernst, als

meinte sie, was sie da von sich gab. Ich grinste noch breiter.

Lisbeth, du bist herrlich, manchmal lässt du mich glauben, du meinst wirklich, was du so sagst.

Plötzlich zeigte die Alte ihre Zähne, grinste, grinste immer breiter und lachte dann kehlig los, eine gefühlte Ewigkeit lang, sodass ich am Ende den irritierenden Eindruck hatte, es gäbe mehr als einen Grund für ihre Heiterkeit.

Lisbeths Korb

Mir träumte von Lisbeths Korb. Das Wichtigste daran, sagte die Alte im Traum, sei die Luft. Hatte sie das nicht auch schon tags zuvor gesagt? Lisbeth sprach ohne die geringste Bewegung der Lippen und ihr Gesicht begann zu verblassen, als ich träumend erkannte, dass Materie gegenstandslos war. Aus scheinbarem Nichts bestand alles, aus einer unerschöpflichen Kraft war es geflochten, die schuf eine Realität, die durchaus wirklich war, doch keinerlei Festigkeit besaß. Form, rein aus Energie.

Lisbeths Korb, den sie abends zuvor nicht fertig gebracht hatte, schwamm hinter meiner Stirn von einer Realität in die andere. Als er mir rein aus Energie erschien, griff ich danach und musste feststellen, dass ich keine Hand besaß, sondern mich als Ganzes auf den Korb zubewegte und ohne weiteres Zutun durch die Maschen in sein Inneres glitt. Dieses Innere erwies sich als weiter, unermesslich weiter Raum, der nahtlos überging in das Dunkel des Universums. Ich verspürte weder Angst noch Aufregung, nur ein angenehmes Staunen, als Lichter erschienen. Ich glitt an Sternen vorüber, bewegte mich an Galaxien vorbei. Es geschah wie zeitgebremst, als striche ich mit Kinderfingern über blühenden Löwenzahn. Vor mir sah ich ein Feld von tiefem Schwarz und da war mir klar, dass, schwebte ich weiter, an dessen Ende ich mich selbst treffen würde. Ich zögerte, wollte mich dafür entscheiden, verspürte jedoch Angst; Angst vor dem Dunkel. Augenblicklich verlor ich meine Leichtigkeit, fühlte wieder meinen Körper, meine Beine, die waren wie Blei, und es zog mich zurück, ich kämpfte dagegen an, angestrengt, sehr angestrengt, aber ich war zu schwach, wurde zurückgesaugt und dann rann das All in sich zusammen, zuerst zäh, dann beschleunigend schnell, in äußerstem Zeitraffer, schneller als ein Wimpernschlag, und es leuchtete für einen Sekundenbruchteil auf als ein alles erhellender Blitz, als weiß glühender Punkt, und dieser Punkt fühlte sich an, als stünde er über meinem Kopf. Als er verglüht war, spürte ich ihn noch kurz in mir und da wusste ich, dass all das, was ich außen geglaubt hatte, die längste

Zeit in mir gewesen war. Das All war ich gewesen. Alle Menschen, alle Wesen, Dinge, Bewegungen, Emotionen – ich.

Ich schlug die Augen auf. Es war hell. Lisbeth saß auf der Bettkante und betrachtete mich mit liebevollen Augen.

Form und Realität

War Lisbeth gerade in meinem Kopf gewesen? War sie es, die meinen Traum gemacht hatte? Sollte ich sie danach fragen?

Ich blinzelte zwei, drei Mal gegen die Helligkeit dieses Morgens. Und war wieder ganz da. Und alle Fragen lächerlich.

Nur ein traumhaftes Echo entkam meinem Mund:

Bist du real, Lisbeth?

Die Alte lächelte.

Genauso real wie du.

Sie stand von der Bettkante auf, ging zum Tisch und nahm etwas aus der Kitteltasche ihres Haushaltskleids. Leicht vorgebeugt stand sie da, hantierte mit sparsamen Bewegungen und entfachte eine Selbstgedrehte. Sie inhalierte langsam und tief und es schien, als bereitete es ihr nicht ausschließlich Vergnügen, sondern als erfüllte sie feuerschlu-

ckend einen höheren Auftrag. In einem helloran-
gen Glutkegel verwandelte sich der Tabak leise
knisternd zu Asche und Rauch. Und: zu einem
Flüstern der Geister im Kopf, wie Lisbeth es einmal genannt hatte. Die Alte stand vor mir wie ein
qualmender Vulkan. Und tat nichts weiter. Stand
da, rauchte und betrachtete mich. Asche fiel zu
Boden.

Du solltest telefonieren, sagte sie.

Ich fragte nicht weshalb, hatte eben dasselbe gedacht. Plötzliche Enge in meiner Brust, ein Stoß
Blut vom Herzen her, Panik. Keine Spur von *Kumt
wias kumt.* Ich riss die Decke zurück, rannte halb
nackt nach draußen, scharrte das Handy aus der
Erde, telefonierte, glasklare Verbindung.

Sophie, dein Vater ist gestorben, sagte Sebastian.

Sternenhimmel

An unserem letzten Abend hatten wir lange, ohne ein Wort zu verlieren, in die Sterne und ins Feuer gesehen. Ich fühlte – wie lange war es her, dass ich es das letzte Mal gefühlt hatte? – Friede in mir. Friede – welch wunderbar kitschiges Wort! Und eine Freude, eine leise, unaufgeregte Freude, die von nichts weiter herrührte als dem Leben.

Zwischendurch flackerte in meinen Gedanken die Idee meiner Eltern auf, begleitet von einem Schmerz, einer Liebe, einer Wehmut. Mutter war im Altersheim, verwirrt seit Jahren schon, Vater unbeugsam daheim, seine Leiden vor mir verheimlichend. Wie nahe und fern zugleich ich ihnen war. Und all meinen Lieben. Und mir. War es das, was unser aller Sehnsucht verursachte?

Ich sah in die Sterne und wusste, wir wollen zu viel. Hier auf Erden müssen wir nicht mehr errei- chen, hier dürfen wir zufrieden sein, wenn wir diesen süßen Schmerz empfinden, erinnert er uns doch daran, wie wir gemeint sind. Und das, was wir als Sehnsucht heute schon in uns tragen, Vollkommenes, wartet andernorts, vielleicht.

Ich sog an meiner Selbstgedrehten, die nicht selbst gedreht war, ich hatte Lisbeth gebeten. Wie herrlich der Rauch schmeckte, das scharfe, fette Kesselgulasch und der Schnaps, von dem ich trank als wäre er Nektar.

All das tat so gut, weil es die Unvernunft des Lebens in sich trug. Und mit dessen Unzulänglichkeiten versöhnte. Ja, auf diese Weise konnte selbst eine von der Medizin aufgegebene Tumorpatientin dem Leben ein Schnippchen schlagen: unterm Sternenhimmel Schnaps trinkend und filterlose Zigaretten pofelnd.

Lisbeth übrigens hatte keinerlei Einwände. Nichts tut dir schlecht, was dir gut tut, sagte sie und grinste. Trau deinen Gefühlen, empfahl sie, hab keine Angst vor ihnen, lebe sie. Sie seien die besten Ratgeber. Und nur der neunmalkluge Egoverstand mache sich über sie lustig, weil er in Wirklichkeit doch teuflisch eifersüchtig sei.

Plötzlich stand, wie aus dem Nichts aufgetaucht, ein junger Bursche vor uns, fünfzehn, vielleicht sechzehn Jahre alt. Er war spindeldürr, bloßfüßig, trug eine kurze Hose und über der nackten Haut des Oberkörpers nichts weiter als ein offenes, ihm deutlich zu großes Gilet, das mit bunten, im Schein des Feuers glitzernden Glassteinen verziert war. Langes, glattes Haar hatte er und stechend blaue Augen, die jenen Lisbeths ähnelten.

Auch die Alte schien überrascht. Erstaunlich, selbst sie hatte ihn nicht kommen gehört. Die beiden tauschten Blicke.

Buttn?, fragte Lisbeth

Der Bursche nickte. Hockte sich im Schneidersitz zur Feuerstelle und machte sich über den Rest des Gulaschs her, bediente sich mit dem riesigen hölzernen Kochlöffel direkt aus dem Feuerkessel, schabte, kratzte die Ränder ab, half mit den Fingern nach.

Das also, dachte ich, war Martin, Lisbeths Urenkel. Sie hatte von ihm erzählt. Er sei der Jüngste der Familie. Er werde die Tradition fortsetzen. Er sei der Richtige.

Ich sah zu Lisbeth, sie beobachtete ihn. Ihre Augen gingen über vor Liebe und Stolz.

Martin blieb den ganzen Abend. Er trank mit uns (und nicht nur Teichwasser), rauchte mit uns (er übernahm fortan das Drehen meiner Zigaretten), er hörte aufmerksam bei unseren Gesprächen zu, lachte über Anekdoten und Witzeleien, doch kein einziges Wort kam über seine Lippen.

Als die Alte und ich uns spätnachts vom Lagerfeuer in den Wohnwagen zurückzogen und ich Lisbeth fragte, ob Martin über Nacht denn nicht mit hereinkäme, lachte sie nur. Am Morgen war er verschwunden.

Ich kann nicht behaupten, dass er mir an diesem letzten Abend bei Lisbeth zugelächelt hätte. Aber in den himmelblauen Augen dieses zurückhaltenden, seltsam erwachsen wirkenden Burschen war etwas geschrieben gestanden. Und ich wurde das Gefühl nicht los, als hätte es mir gegolten, als hätte Martin, der Jüngste seiner Sippe, eine selbst Lisbeth unbekannte Absicht gehegt.

Schwarzes Glas

Mein Abschied von Lisbeth verlief überstürzt. Seit der Nachricht vom Tod meines Vaters wollte ich nur noch heim. Ich rief Barbara an, sie wusste schon Bescheid und tat ihr Bestes, um mich auf ihre tollpatschig liebe Art zu trösten. Ich hatte mir vorgenommen, gefasst zu bleiben, aber Barbaras ehrliches Mitgefühl und die Versuche, ihr Weinen zu unterdrücken, rührten mich so sehr, dass unser Telefonat endete, wie es enden musste. Zwischen unser beider Atemringen und Schluchzen hörte ich ihre erstickten Worte: Ich hol dich ab, ich fahr sofort los, hab dich lieb.

Barbara würde mich an jener Stelle im Wald auflesen, an der sie mich vor Tagen abgesetzt hatte. Für die Fahrt brauchte sie gewiss zwei Stunden, es blieb also noch reichlich Zeit, doch ich fand keine Ruhe mehr. Ich wollte rasch beim Treffpunkt sein, sicherheitshalber zu früh. Vater war gestorben.

Gewiss, Eile war nicht nötig, doch ich war schlagartig wieder in meiner alten Wirklichkeit, in meiner alten Unsicherheit. Wie einfältig es gewesen war zu hoffen, dass ein paar Tage mit einer alten Einsiedlerin daran etwas ändern könnten. Ich war einer Illusion aufgesessen. Nun würde ich heimfahren in die Stadt, um meinen Vater zu begraben und meine Kinder zu trösten, die nach ihrem Opa demnächst ihre Mama verlieren würden.

Langsam, Mädchen, sagte Lisbeth. Langsam.

Mädchen, dachte ich. Es reichte, dass mir beinahe erneut die Tränen kamen. Da war er wieder, mein süßer Schmerz. Ich schluckte, versuchte, ihm standzuhalten. Doch wozu? Wozu? Ich ließ ihn gewähren. Wie zum Dank durchpulste er mich geradezu zärtlich und verebbte dann. Es war, als würde eine Membran von Druck befreit durch das Freigeben von ein klein wenig Traurigkeit.

Gut so, hörte ich Lisbeth sagen, doch sie bewegte nicht den Mund, gut so, Mädchen. Und lass deinen eitlen Verstand das jetzt ruhig wieder einmal peinlich finden. Was fühlt er schon vom Leben!

Lisbeth?, fragte ich. An dem Tag, an dem ich zu dir kam, sagtest du, es mache nichts, wenn ich sterbe, es tue nichts zur Sache. Wie hast du das gemeint?

Was sollte das jetzt? Erhoffte ich mir Trost? Trost wegen meines Vaters Tod?

Sich sorgen wegen des Todes sei wie sich sorgen wegen eines Traums, sagte die Alte. Für den Menschen, der stirbt, tue der Tod nichts zur Sache, da er nur eine Illusion sei.

So wie auch das Leben nur eine Illusion ist?

Nein, antwortete die Alte lächelnd. Das Leben ist echt. Lebe es.

Ich begann, mich umständlich bei Lisbeth zu bedanken, für ihre Gastfreundschaft, ihre Hilfe, ihre Zuwendung, ich versuchte, mich zu verabschieden.

Lisbeth hörte sich mein Gestotter ruhig an. Bevor du gehst, sagte sie schließlich, reinige dich von deiner Verzweiflung, sie verstellt dir den Blick. Schwimm eine Runde im Teich. Sie nickte bekräftigend. Na geh schon!

Ich gehorchte wie ein Schulkind seiner Lieblingslehrerin.

Ich schwamm, schwamm geradewegs hinaus.

Der Horizont des Moorteichs lag an diesem Morgen so schwer und spiegelglatt vor mir, als wäre er aus kaltem schwarzem Glas. Es stach eisig auf meiner Haut, umfasste mein Herz. Das ging in Ordnung, ich war schließlich zu ihm gestiegen, dem Teich, zerbrach seine Oberfläche mit meinen lang gezogenen Bewegungen, meinen rhythmischen Stößen, die ich mehr und mehr genoss, und sein hartes Greifen nach mir, sein Mich-spüren-Lassen, dass ich ihm nicht bloß vom Ufer aus zugesehen, sondern mich hineingestürzt hatte in ihn, war gewiss nicht feindselig. Schwämme ich bis ans andere Ufer und durchpflügte die gläserne Oberfläche bis dorthin, bräche das schwarze Glas mir zu beiden Seiten tief nach unten und drückte mich zugleich empor. Jäh stünde ich auf einer steil abfallenden Zinne, nur um in die Tiefe starren zu müssen, ins Nichts.

Mit jedem Stoß nach vorn aber und jedem Atemholen gewannen meine Muskeln an Spannung, wurde ich wärmer, schmolz das Glas. Kurz tauchte ich unter, rotflockiges Moorwasser vor meinen Augen, kein schwarzes Glas. Ich tauchte auf, tauchte unter, um mich zu vergewissern – rotflockiges Wasser, kein schwarzes Glas. Teilte ich nun den Spiegel des Teichs von einem bis zum anderen Ufer, würde nichts auseinanderbrechen unter mir. Keine schorfigen Zinnen verstörten mich, keine schwarzen Abgründe täten sich auf. Drehte ich mich diesmal um, sähe ich den Teich unversehrt, sähe, dass die Wasser gutmütig gurgelnd wieder zusammengefunden hatten, meine Spur verwischt. Und der Teich erinnerte sich meiner wie an einen harmlosen Traum.

In weitem Bogen schwamm ich zurück. Nahe dem Ufer erkannte ich die von Binsen und Gestrüpp bewachsene Landzunge wieder. Hier hatte mich die Alte bei meiner Ankunft von Kopf bis Fuß in Moorschlamm gepackt. Wie albern ich darin festgesteckt war! Unwillkürlich musste ich schmunzeln.

Das Leben, hatte Lisbeth einmal zu mir gesagt, kann auf die verrücktesten Arten gelingen, auf eine aber misslingt es immer: Wenn du es nicht lebst. Wenn du Umstände über dein Leben entscheiden lässt. Lebe stolz und mutig, hatte die Alte gesagt. Und heiter, unbedingt heiter!, hatte sie in ruppigem Ton angefügt.

Ich schwamm ans Ufer und stieg aus dem Wasser. Lisbeth wartete, das waren ja ganz neue Seiten an ihr, mit einem Badetuch auf mich. Ich rieb mich trocken, wärmte mich am Lagerfeuer.

Was wirst du nun tun, Mädchen?

Ich fahre heim, beerdige meinen Vater und werde mich um meine Familie kümmern.

Lisbeth sah mich mit erhobenen Augenbrauen an.

Und ich werde mich um mich kümmern. Ich werde gesund werden, weil ich leben will. Ich werde tun, was mir guttut. Werde meine Schläfen täglich mit deinem Johanniskrautöl verwöhnen, werde Weihrauch kauen auf Teufel komm raus und Stockschwammerlpulver in Wasser einrühren und es hinunterkippen als wäre es Piña Colada. Und ich werde die Dinge meiden – wie hast du einmal gesagt? –, die mich narrisch machen und mir das Leben zerspragel, mein Leben also unnötig hektisch und verschleißend machen.

Lisbeth nickte zufrieden.

Sie sah mich an, doch ich hielt ihrem Blick nicht stand. In mir wuchs eine Wehmut, eine viel zu frühe Wehmut, weil unsere Trennung durch meine Gedanken an den Abschied bereits im Gange war. Ich würde nun zurückkehren in meine Welt, die aus Ecken und Kanten und tausend lächerlichen Wichtigkeiten bestand. Unbedingt musste ich mir diese Welt hier bewahren. Ich würde es halten wie der Rabe, der jeden Morgen zu Lisbeths Lichtung geflogen kam, um sein Ritual zu vollführen; dieses kluge Tier, das jeden Tag seinen Himmel mit seiner Erde zu verbinden suchte.

Darf ich ... das UFO bei dir lassen, fragte ich, deutete auf den silbernen Hartschalen-Trolley, der seit meiner Ankunft unter dem Wohnwagen parkte.

Die Alte besah ihn stirnrunzelnd. Und nickte schicksalsergeben.

Erneut wusste ich nicht, was sagen.

Lisbeth stand vor mir, bloßfüßig, in ihrem einfachen Haushaltskleid, das Kopftuch über den weißen Haaren. Freundlich betrachtete sie mich.

Ich atmete durch, versuchte zu lächeln.

Danke, Lisbeth. Ich gab ihr die Hand. Irgendwie wäre es nicht angebracht gewesen, sie zu umarmen. Ich erwog stattdessen tatsächlich, ihr die

Hand zu küssen, es war mir danach. Als ich es eben tun wollte, griff sie nach meinem Unterarm. Es zog ihr das Kinn zur Brust, ihr Gesicht wand sich wie schmerzverzerrt zur Seite, dann in einer Drehbewegung hinauf und zugleich kippten ihre Augäpfel nach hinten, ich sah bloß noch das Weiße darin.

Keine Angst, sagte Lisbeth, ich hab nur Post für dich, du kennst das ja schon, entspann dich, Mädchen. Ich schloss die Augen. Mag schon sein, dass es an meinem gewiss dünnen Nervenkostüm lag, jedenfalls durchrieselte mich ein warmer Schauer und mir war, als liefen Sandkörner, warme Sandkörner reinigend durch meinen Körper. Liebe. Klarstes Licht. So also, so war das Leben gemeint!

Lisbeth ließ mich los. Ihr Gesicht war wieder entspannt.

Ich umarmte sie, umarmte sie ganz fest.

Danke. Danke, Lisbeth!

Ich küsste sie auf die Stirn, als wäre es das Selbstverständlichste der Welt, als wäre sie meine Großmutter. Mein Verstand gaffte blöd.

Zum Abschied gab sie mir einen Strauß spätsommerlicher Wildblumen: Königskerzen, Johanniskraut, Beifuß, Mädesüß und Wollgras, zusammengebunden mit einem schlanken, entrindeten Weidentrieb.

Für deine Freundin, sagte die Alte zu meiner Überraschung. Nimm Barbara ruhig mit, wenn du das nächste Mal kommst. Aber sag ihr vorher besser, sie soll nicht erschrecken.

Das mache ich, Lisbeth. Ich besuche dich, sobald ich die nächste Untersuchung hinter mir habe.

Mit dem Wildblumenstrauß machte ich mich auf den Weg. Vor dem Eintauchen in den Wald, am Rand der Lichtung, blickte ich noch einmal zurück. Lisbeth war nicht mehr zu sehen, nur ihr Wohnwagen. Aus dem rostigen Ofenrohr, das windschief aus dem Dach ragte, qualmte dünner Rauch.

Vor dem Anfang

Ich betrat die Klinik. Erinnerte mich an einen Satz Lisbeths: Du kannst vom Leben nur so viel bekommen, wie du bereit bist, anzunehmen. Wollte ich gesund sein, ganz gesund? Gestand ich es mir zu? War ich es wert? Hatte ich es verdient?

Während meiner Zeit im Wald hatte ich auf der Lichtung einmal ein Gänseblümchen gepflückt, absichtslos, mit nackten Zehen. Als ich beim Lagerfeuer saß, steckte es immer noch da. Ich könnte es Lisbeth schenken, hatte ich damals gedacht, beließ es aber, wo es hingeraten war. Diese kleine Blume fühlte sich fein an zwischen den Zehen, eine zarte Außergewöhnlichkeit. Bald würde sie sich ohnehin lösen, so beiläufig wie sie gekommen war. Tatsächlich fand ich die Blume spätabends noch immer vor. Erst nachts, kurz bevor ich in den Schlaf sank und ein letztes müdes Mal an sie dachte und im Stockdunkeln mir wünschte, sie zu berühren – merkwürdig, nun erst nach ihr greifen wollte –, war sie weg.

Einen Monat war es her, dass ich Lisbeth im Wald besucht hatte. Die Untersuchung in der Klinik nun schien mir unnötig, ich wusste, was herauskommen würde. Der Tumor war in den letzten Wochen ein Teil von mir geworden, ein guter Freund, ich kannte ihn, wusste, wie es um ihn stand. Ich bildete mir sogar ein, seine exakte Form und Größe zu kennen. Er war mir so selbstverständlich, so präsent. Vermutlich klingt es verrückt, aber ich wollte ihn gar nicht mehr loswerden.

Das riecht aber angenehm, sagte der Arzt, was ist das?

Johanniskrautöl, antwortete ich.

Als ich gemeinsam mit dem Arzt aus dem Untersuchungszimmer trat, saß Sebastian kreidebleich und in derselben geduckten Körperhaltung, wie ich ihn dort hinterlassen hatte, auf seinem Sessel. Der Weihrauch, den ich ihm zur Entspannung zum Kauen gegeben hatte, war gänzlich wirkungslos geblieben. Besorgt blickte er auf.

Wie erwartet, sagte ich, ging vor meinem Mann in die Hocke und streichelte ihm über den Handrücken.

Was heißt wie erwartet?, krähte hinter mir der Oberarzt. Das, was wir eben gesehen haben, gleicht einem medizinischen Wunder. Der Tumor Ihrer Frau ist um mehr als die Hälfte geschrumpft und wie es aussieht, hat er sich abgekapselt.

Kein Wunder, Herr Doktor, alles ganz normal, sagte ich, blieb dabei aber in den Knien, ganz nahe bei meinem Mann, bei Sebastian. Ihm rannen die Tränen übers Gesicht. Ich nahm ihn in die Arme, hielt ihn und er hielt mich. Wir hörten nicht auf damit, keine Ahnung, wie lange.

Ich hatte all die letzten Wochen an eine Heilung geglaubt, weil ich sie gespürt hatte. Oder hatte ich sie gespürt, weil ich daran geglaubt hatte? Dieser Glaube, dieses Gefühl jedenfalls war zu einem Wissen geworden, einem Wissen gegen jede Vernunft. Der, der da heulte vor Erleichterung in mir, war mein Egoverstand. Er hatte sich wohl ziemlich ins Hemd gemacht.

Meine Absicht, die ich täglich erneuerte, war es gewesen, den Freund hinter meiner Schläfe zu behalten. Er sollte sich deutlich verkleinern, sich abkapseln, aber ganz verlieren wollte ich ihn nicht, er sollte mich fortan daran erinnern, wer ich sein wollte. Und welch Freude es macht, zu leben.

Ende und Anfang

Barbara und ich hatten uns gleich am Tag nach der Das-ist-ein-medizinisches-Wunder-Untersuchung in ihren halb durchgerosteten Škoda Fabia gesetzt und waren Richtung Waldviertel gefahren. Ich freute mich auf Lisbeths Gesicht, wenn ich ihr vom Wunder erzählen und sie darauf sagen würde: Alles ganz normal, mach keinen Zauber draus. Dann würde sie sich wohl kurz zur Seite drehen, um ihr Gesicht zu verbergen, weil ganz so normal war es nun auch wieder nicht. Schließlich würde sie mich mit ihren himmelblauen Augen ansehen, leise lächeln und vielleicht sogar sagen: Gut gemacht, Mädchen.

Wirst du dir jetzt deinen Job im Justizministerium zurückholen?, fragte Barbara und nahm die Autobahnabfahrt.

Diesen Fehler hab ich schon einmal gemacht. Nie wieder wird mich jemand in diese Schlangengrube bringen. Ich werde schon etwas anderes finden.

Solltest du einmal nicht weiterwissen oder vor einer schwierigen Entscheidung stehen, hatte Lisbeth an unserem letzten gemeinsamen Abend gesagt, schau nach innen, dort steht die Antwort geschrieben. In meinem Fall lag das Innen gar nicht sonderlich tief innen, es befand sich direkt hinter der Schläfe. Dort nämlich wohnte mein Freund. Er warnte mich, wenn ich in Versuchung geriet, etwas zuzulassen oder zu tun, das mir nicht entsprach. Ich dankte meinem inneren Freund dann, indem ich sanft mit dem Zeigefinger auf ihn tippte. Es war zu einer Gewohnheit geworden, beinahe einer Marotte. Und so fügte ich auch jetzt zur Antwort auf Barbaras Frage hinzu: Meinen alten Job, niemals! Ich hab ja keinen Vogel – und tippte gegen die Schläfe.

Zugegeben, das war kindisch. Aber kindisch tat mir gut. Mitunter geschah es sogar, dass ich meinem inneren Freund einen guten Morgen wünschte, abends tonlos eine gute Nacht oder ihm (wenn ich besonders kindsköpfig drauf war) zuflüsterte: Schläf gut hinter der Schläfe.

Barbara parkte den Wagen an derselben Stelle wie beim letzten Mal. Meine Vorfreude war minütlich gewachsen, unser geplanter Besuch bei Lisbeth fühlte sich an wie ein kleines Abenteuer. Und ich war die Anführerin, lotste Barbara durch den Wald und durfte mich ein wenig wichtigmachen. Ich gebe zu, ich war aufgekratzt – und Barbara nervös, was die Sache noch spannender machte.

Erschrick nicht, sagte ich, als wir die Lichtung betraten.

Wieso sollte ich mich schrecken?, fragte Barbara.

Na ja, Lisbeth hat manchmal eine herbe Art. Außerdem hat sie mir eigens aufgetragen dir zu sagen, dass du nicht erschrecken sollst.

Und was die alte Lisbeth dir sagt, das machst du. Meistens!

Barbara und ich gingen näher. Wir trugen dicke Pullover und Jeansjacken, es war früh Herbst geworden hier. Die Sonne stand zwar am milchigen Himmel, doch sie verlor zusehends an Kraft und vom Teich her blies frischer Wind.

Die Tür des Wohnwagens war zu, die Vorhänge geschlossen. Vermutlich ist sie im Wald Beeren oder Kräuter sammeln, sagte ich und fühlte, dass es nicht so war.

Ich griff nach der Türklinke und öffnete. Auf Lisbeths schlichtem Altar brannten Kerzen. Es roch nach Wachs, Thymian und Farn. Wegen des Luftzugs begannen die Flammen zu flackern, bespiegelten die Gegenstände auf dem Altar: den Bergkristall, die zierlichen Silberkreuze, das mit Schlangenhaut überzogene Etui, das Eichkätzchenfell, die Räucherschale, das Schwarz-Weiß-Bild von Lisbeths Mutter und jenes von Lisbeths Vater. Und in der Mitte die sanft schimmernde Statue der Schwarzen Sara, Schutzpatronin der Fahrenden.

Mein Herz schlug schwer. Komm rein, sagte ich zu Barbara, aber erschrick nicht. Ich schloss hinter ihr die Tür. Barbara starrte auf den Altar. Die Flammen der Kerzen hatten sich beruhigt, mein Herz nicht. Kurz schloss ich die Augen, drehte mich um. Lisbeth lag im Halbdunkel auf dem Bett, ihre Zöpfe waren geflochten, an den Ohren trug sie ihre Amethysten. Friedlich lag sie da, mit unendlich mildem Ausdruck, tausendundein Fältchen in ihrem Gesicht. Ihr Leichnam war rundum geschmückt. Mit Wildblumen, Kräutern, Beifuß und Farn.

Ich ging näher und erst da sah ich das Tier, das eng an Lisbeths Seite lag und nun den Kopf hob, leise fauchte. Ein alter Fuchs war es, mit weißer Schnauze, stumpfem, rostfarbenem Fell.

Um Himmels willen!, schrie Barbara und stürzte aus dem Wohnwagen.

Ich habe ihr gesagt, Lisbeth, dass sie nicht erschrecken soll. Aber weißt du, sie ist ein schwieriger Fall.

Der Fuchs begann erneut zu fauchen, ließ mich nicht aus den Augen. Ich entschied, besser nach draußen zu gehen.

Da kommen Leute, sagte Barbara in leicht panischem Ton.

Ja, ich sehe es.

Sollen wir nicht lieber gehen?

Nein.

Als die Gruppe aus Frauen und Männern näher kam, erkannte ich zwei von ihnen: Lisbeths Urenkel Martin und jenen Mann, der damals wegen seiner Rückenschmerzen zu Lisbeth gekommen war, Michl, ihren Enkel. Allem Anschein nach war er nicht Martins Vater, ein Onkel wohl. Und da war auch die Frau, die damals Brot und Fleisch gebracht hatte und die mich nun, kaum dass sie mich sah, sofort wieder feindselig musterte. Zudem kamen nach und nach weitere Frauen und Männer aus dem Wald, in Summe gewiss mehr als ein Dutzend Menschen.

Ganz locker bleiben, sagte ich zu Barbara und versicherte ihr, dass uns nichts geschehen würde, ich mich nur noch in Ruhe von Lisbeth verabschieden wollte. Dazu sei es nötig, mit Martin, diesem langhaarigen Burschen da, zu reden. Gleich danach würden wir gehen, versprochen, sie solle einstweilen dort drüben in sicherem Abstand auf mich warten.

Aber ruf mich, wenn du Hilfe brauchst, sagte sie. Ich nickte aufmunternd. Es war Barbara anzusehen, dass sie ernsthaft Angst hatte.

Martin ging der Gruppe voran. Wie bei unserer letzten Begegnung war er bloßfüßig, trug trotz der herbstlichen Temperaturen kurze Hosen und über der nackten, gebräunten Haut nur sein mit bunten Steinen besetztes Gilet. Er war ein Jugendlicher, sein Schritt und seine Bewegungen aber waren die eines erwachsenen Mannes. Sein langes, glattes Haar trug er offen.

Er sagte über die Schulter hin etwas zu der Gruppe, kam dann geradewegs auf mich zu. Während des Näherkommens blickte er beständig zu mir, doch es fühlte sich an, als sähen seine stechend blauen Augen ins Leere, wie durch mich hindurch.

Dann stand er vor mir.

Martin, flüsterte ich. Es tut mir leid.

Keine Regung in seinem Gesicht. Schweigen, sekundenlang.

Und dann hörte ich erstmals seine Stimme: Gut, sagte er ruhig, dass du gesund bist. Bevor ich ja, dank Lisbeth, antworten konnte, ergänzte Martin: Du sollst Lisbeths Geschichte aufschreiben.

Was, wieso?, stotterte ich, versuchte, einen klaren Kopf zu bekommen. Fragte mich, ob es Martins Wunsch war oder er in Lisbeths Auftrag sprach.

Lisbeths Geschichte? Warum? Und wieso ich?

Weil du die Richtige dafür bist.

Ich weiß nicht, ob ich das kann.

Ohne mich vorzuwarnen, streckte Martin die Hand nach mir aus, legte die Finger gegen meine Schläfe.

Für einen Moment flackerte Fröhlichkeit in seinen Augen.

Du kannst es, sagte er.

Ich stand perplex da, wusste nicht, wie reagieren.

Das da jetzt – er deutete in Richtung der Gruppe, die beim Feuerplatz irgendwelche Vorkehrungen traf – sei nur für die Familie. Aber wenn ich Fragen hätte, könne ich in ein paar Tagen wiederkommen.

Nein, seine Adresse brauchte ich nicht, gewiss würde ich ihn finden, so groß sei das Dorf auf der anderen Seite des Moors nicht. Oder, sagte er und deutete hinter mich, du fragst die Älteste.

Ich erschrak, hatte nicht bemerkt, dass die ganze Zeit über jemand knapp hinter mir gestanden und mitgehört hatte: eine Frau mit dunklem Teint, schlank, groß. Ihr kantiges, ausdrucksstarkes Gesicht schmückten goldglänzende Kreolen. Ihr langes, kräftiges Haar, sie trug es nach hinten zusammengebunden, glänzte pechschwarz. Und schwarz war auch alles andere an ihr: die blanken Lederstiefel, die eng anliegenden Jeans, die Lederjacke, die weit aufgeknöpfte Bluse über ihrer schimmernden Haut – schwarz. Als sie den Mund auftat, hätte der Kontrast zu ihrem Äußeren kaum stärker sein können. Mit gelinde gesagt rauer Stimme und in breitem Waldviertler Dialekt begrüßte sie mich, nannte ihren Vornamen und streckte mir, nicht unfreundlich, die Hand entgegen.

Wer bist du?, fragte ich.

Eine alte Freundin von Lisbeth.

So alt schaust du nicht aus.

Owa mei Sö is oed, sagte sie und ich erriet nicht, ob es als Scherz gemeint war. Ihre Seele also war alt.

Sie brauchte ich nicht eigens zu suchen, raunte sie und hob, irgendwie neckisch, das Kinn Richtung Martin. Einfach anrufen, fügte sie hinzu, zog aus dem Innenfach ihrer schwarzen Handtasche eine Visitenkarte. Eva stand darauf, darunter die Adresse und eine Handynummer.

Ich erinnere mich nicht, was ich erwiderte, weiß

151

nur noch, dass ich ihre Karte dankend nahm und mich dann, in gewisser Weise flüchtend vor ihr, an Martin wandte.

Darf ich mich noch von Lisbeth verabschieden? Er nickte.

Aber da ist ein Fuchs bei ihr.

Gemeinsam betraten wir den Wohnwagen. Martin ging zu Lisbeth, griff nach dem Fuchs, der keinen Ton von sich gab und es ohne Weiteres mit sich geschehen ließ, dass er an mir vorbei nach draußen getragen und an der Unterseite des Wohnwagens in die Holzkiste mit der ovalen Öffnung bugsiert wurde, Lisbeths Schlüsselversteck.

Wann ist sie gestorben?

Gestern Nachmittag.

Da hatte ich meine Untersuchung, flüsterte ich und bereute es sogleich. Wie wichtig nahm ich mich, was bildete ich mir nur ein! Gewiss hatte Lisbeth nicht eigens zugewartet.

Vergiss dein Geschenk nicht, sagte Martin nach einer Weile und deutete unter den Tisch. Da sah ich den Korb, den Lisbeth begonnen hatte, als ich bei ihr gewesen war. Sie flechte ihn für eine Freundin, hatte sie gesagt. Diese Freundin werde damit die Elemente bei sich tragen. Am Griff des Korbes war mit einem Spagat ein Stück alter Karton befestigt. In violetter, zittriger Schrift stand darauf mein Name geschrieben. Ich berührte ihn, strich darüber. Auf der Rückseite des Kartons las ich *Gut gemacht, Mädchen.*

Ich ging zu Lisbeth, mit ihrem, mit meinem Korb, kniete nieder und küsste ihre Hand.

Danke Lisbeth. Auch dafür, danke.

Martin war nach draußen gegangen. Ich blieb noch eine Weile, meine Hand lag sacht auf ihrer. Ich hielt den Kopf gesenkt, die Augen geschlossen und wartete, ich weiß nicht worauf. Ich wollte einfach nicht weg von Lisbeth, noch nicht. Kniete da, bewegt und doch leer irgendwie. Als ich die Augen öffnete, fiel mein Blick ins Innere des Korbes. Da lag, gebettet auf ein Geflecht aus Weiden und Luft, wie unscheinbar, wie leicht zu übersehen, mein Gänseblümchen von damals. Saftlos, farblos und zerknittert. Doch selbst wenn es sich noch mehr auflöste, selbst wenn es ganz verginge; fortan würde es da sein.

Ich schloss die Tür des Wohnwagens. Lisbeths Sippe hatte ein Feuer entfacht. Immer mehr Menschen kamen hinzu, vereinzelt und in kleinen Gruppen strömten sie aus dem Wald. Frauen, Männer, Kinder. Nicht vordringlich Trauer schien es zu sein, die sie bewegte, eher eine vorerst noch stille Erwartung, ein ermutigendes Wissen von Ende und Anfang, das sich heute, an diesem besonderen Abend als Musik, als Tanz und als Gesang, als rauschendes Fest entladen würde – rund um Lisbeths Feuer, dann, wenn die Nacht am finstersten wäre.

Ich sah zu Barbara. Sie saß noch immer unter der Birke, so wie wir es vereinbart hatten. Ich trat zu ihr und half ihr auf. Gemeinsam gingen wir zurück durch den Wald.

Nachsatz

Die Jenischen sind, wie die Roma und Sinti, ein fahrendes Volk. Lisbeth W. war eine Waldviertler Jenische. Von den Nationalsozialisten wurde sie in die Konzentrationslager Bergen-Belsen, Ravensbrück und zuletzt Auschwitz deportiert. Anders als viele ihrer Familienangehörigen überlebte sie die Befreiung des Lagers.

Lisbeth W. war das Oberhaupt ihrer Sippe. Sie arbeitete als Besen- und Korbbinderin, Näherin und Kräuterfrau. Zudem als Heilerin und Magierin. Die letzten Jahre ihres Lebens verbrachte sie als Einsiedlerin in ihrem Wohnwagen, nahe einem Moor im nördlichen Waldviertel. Lisbeth wurde neunzig Jahre alt. Sie hatte einen Urenkel, Martin, dem sie nach jenischer Tradition ihr Wissen weitergab, von der Ältesten zum Jüngsten.

***

Heute lehrt Martin Flicker im Waldviertel unter anderem das respektvolle Nutzen von Heilkräutern sowie anderen Naturschätzen. Eingang in diesen Roman fanden neben seinen Überlieferungen die Einblicke der Waldviertler Seherin Eva Hell-Weltzl.

Leseprobe aus:

THOMAS SAUTNER

fuchs-
erde

1.

Als Franz Jandrasits bereits bis zum Hals im Moor versunken war, kroch der Frühnebel aus dem Wald. Feucht und behutsam wälzte sich der üppige Dunst über die taunasse Wiese, schluckte das Schilfgras am Übergang zum Moor und verschlang schließlich sehr sorgfältig die gesamte Lichtung. Und das Moor verschlang Franz Jandrasits.

Seine Kräfte hatten ihn vor Sonnenaufgang verlassen, waren mit jeder verzweifelten Ruderbewegung aus seinem aufgeweichten Körper entschwunden. Seine Schreie, anfangs hysterisch und kreischend, wurden von Stunde zu Stunde leiser, seine Stimme kippte immer öfter. Am Schluss krächzte er nur noch, jammerte leise vor sich hin und weinte. Er weinte nicht seinetwegen. Er dachte an seine beiden Kinder und an seine junge Frau, die am anderen Ende des Waldes auf ihn wartete, die verzweifelt sein musste und es nun vielleicht ein Leben lang bleiben würde, seinetwegen. Warum war er nur so töricht und unersättlich gewesen, wieso nur hatte er sich nicht zufrieden gegeben mit dem Flecken Land, den der Graf zur Urbarmachung für ihn und seinesgleichen vorgesehen hatte.

Die anderen Strafgefangenen hatten nichts vom Verschwinden Franz Jandrasits' bemerkt. Und hätte seine Frau die müden Männer nicht an den Haaren gerissen, gekratzt und gebissen, um sie dazu zu bewegen, ihr bei der Suche zu helfen, wären die Hände des Franz Jandrasits wohl noch lange unbemerkt aus dem Moor geragt. Der starke Regen hatte sie rein gewaschen vom Moorschlamm, hatte auch den letzten Schmutz aus den tief zerfurchten Pranken gespült, und so sahen die gen Himmel gestreckten Handflächen von der Ferne aus wie zwei weiße Porzellanteller, die jemand an der feuchten Oberfläche des Moores abgestellt hatte.

Die blütenweißen Handflächen inmitten des sumpfigen Morasts waren es auch, die die Männer glauben ließen, Franz Jandrasits sei nicht qualvoll und stundenlang um sein Leben kämpfend im

Moor versunken, sondern mit einem einzigen gewaltigen Ruck vom Moorgeist nach unten gezogen worden. Bestätigung fanden die Männer, als die Hände des Franz Jandrasits nicht etwa langsam dem übrigen Körper ins Moor folgten, sondern plötzlich und begleitet von einem dumpfen Gurgeln, sowie dem Aufsteigen einer an der Oberfläche zerberstenden Blase, vom Moor eingesaugt wurden. »Jetzt hat er ihn ganz geschluckt!«, war die Reaktion der Umstehenden, deren Erschrecken rasch dem beruhigenden Gefühl wich, dass die Tragödie einen durchaus konsequenten Abschluss gefunden hatte: Der Moorgeist hatte sein Opfer restlos verspeist.

»Holt ihn raus! Holt mir meinen Mann!«, schrie Jandrasits' Frau die Männer an, die mit offenen Mündern dastanden. Doch der Graf ließ keine unnützen Gedanken und ebenso zeitraubende wie riskante Eskapaden mehr zu: »Zurück!«, befahl er kurz, zerrte an den Zügeln und trabte voran, in die Richtung des Siedlungsgebiets.

Franz Jandrasits' Frau kniete noch stundenlang im Gras und starrte auf die Stelle, an der ein Teil von ihr im Morast versunken war. Rund um sie trockneten Sonnenstrahlen die regennassen Halme. Die Vögel begannen lautstark ihr Tagwerk und ihre beiden Kleinen, die nun nur noch die ihren waren, spielten vergnügt im Gras.

* * *

1799 vergab Graf Vinzenz von Straßoldo, Eigner der Herrschaft Schwarzenau im nördlichen Waldviertel, in einem besonders entlegenen und unwegsamen Flecken seiner Besitzungen stückweise Land an eine Hundertschaft von Menschen. Viele davon wurden im Volksmund als Gesindel und Zigeuner beschimpft. Es waren Männer und Frauen, die wegen Delikten wie Mundraub, Raufereien, Anpöbelungen der Obrigkeit, kleineren Diebstählen und anderen Übertretungen in Ungnade gefallen waren. Unter ihnen waren Sinti und Jenische, Angehörige des fahrenden Volkes. Diesen Menschen bot Graf Vinzenz von Straßoldo folgenden Tauschhandel an: Wenn sie innerhalb von drei Jahren die raue Gegend, vorwiegend Wald- und Moorland, urbar machten, also rodeten und trockenlegten, sowie darauf Häuser erbauten, würde er ihnen die Freiheit schenken.

Die fortan Kleinhäusler genannten Siedler nahmen das Angebot an und bearbeiteten das ihnen zugeteilte Land. Gut drei Jahre später, 1803, bestand der Ort tatsächlich und wurde der fünf Kilometer entfernt liegenden Pfarre Langegg zugeteilt. Und weil der Graf nicht nur hoch- und wohlgeboren war, sondern auch Obrist-Hofmeister der Erzherzogin von Öster-reich, der durchlauchtigsten Frau Amalie, bekam der arme und teils vom Pöbel gegründete Ort einen wahr-haft funkelnden und fürstlichen Namen: Amalien-dorf.

* * *

Leg noch zwei Scheit Holz in den Ofen, kleiner Fuchs. Weißt du, wenn jemand ein Lebtag lang gefroren hat, genießt er die Wärme umso mehr. Und dann setz dich zu mir. Ich weiß doch, dass du gekommen bist, um noch mehr zu hören. Ja, so ist es gut. Es wärmt schon, allein das Knacken des Holzes im Ofen zu hören. Früher wurde ja noch mit Torf geheizt. Aber das ist lange her. Das war, als deine Vorfahren hier herauf ins Waldvier-tel gekommen sind. Die älteste Geschichte über deine fahrenden Ahnen stammt aus jener Zeit, mein kleiner Fuchs. Wie könnte es bei uns anders sein, handelt die Geschichte von einer Reise. Allerdings einer ganz besonderen Reise.

Es begann schon damit, dass es nicht deine Verwandten waren, die sich für die Fahrt entschieden hatten. Es war auch nicht ihr armseliger, klappriger Karren, mit dem sie fuhren. Diesmal reisten sie mit einem mächtigen Wagen; einem Wagen, der keinen Geringeren gehörte als den Habsburger Regenten und der von einem Kutscher gelenkt wurde, in dem blaues Blut floss. Der Name des Kutschers war Graf von Straßoldo. Die strengen Maßstäbe, die der Graf in Punkto Anstand und Ordnung anlegte, und zwar an sich zumindest ebenso wie an die gesamte Welt, für deren moralische Entwicklung er sich verantwortlich fühlte, diese Maßstäbe hatten ihm ein lästiges Leiden eingebracht. Es entlud sich des öfteren durch Nervenzucken in seinem Gesicht, was der Graf mit Haltung über sich ergehen ließ.

Das Entscheidende aber, das diese Fahrt so außergewöhnlich machte, habe ich dir noch nicht erzählt, mein kleiner Fuchs. Das Entscheidende war: Diese Reise sollte die letzte deiner fahrenden Ahnen sein. Die letzte Reise von Menschen, deren ureigenste Lebensform seit Generationen immer nur das Reisen gewesen war. Es sollte die allerletzte Fahrt dieser Jenischen sein. So wollte es der Graf. So wollte es die große österreichisch-ungarische Monarchie. Aber du weißt ja, mein kleiner, schlauer Fuchs: Fahrende kann man nicht aufhalten, nicht auf Dauer. Ebenso wenig wie man Wasser aufhalten kann. Es findet seinen Weg.

Graf Straßoldo plante ein politisches Meisterstück. Er wollte zwei Ärgernisse mit einer einzigen Maßnahme loswerden: Zum einen suchte die Monarchie nach einer Lösung für das »Zigeunerunwesen«. Wobei das Unwesen zumeist darin bestand, dass unsere reisenden Ahnen den eingesessenen Zünften allzu große Konkurrenz machten und sich die Bauern beschwerten, weil ihre dummen Henderln wie verhext hinter den Karren deiner Vorväter nachrannten und schließlich in deren Kochtöpfe stolperten. Die Obrigkeit und die phantasielosen, sesshaften Bürger nannten das dann Diebstahl. Neben diesem Zigeunerunwesen jedenfalls hatte der Graf das Problem, Land zu besitzen, das wegen seiner Wildheit und Unzugänglichkeit keinen Gewinn abwarf. Also kombinierte der Graf: Er hatte unbrauchbares Land und unbrauchbares Volk. Was lag da näher, als unbrauchbares Land durch unbrauchbares Volk brauchbar zu machen. Und umgekehrt.

Um seinen Willen durchzusetzen, wählte der Graf eine seiner billigsten Waffen: Als sich eine Gelegenheit bot, deinen Vorfahren straffälliges Verhalten vorzuwerfen, ließ er die Richter noch strenger vorgehen als sonst. So setzte es diesmal nicht wie gewohnt eine Geldstrafe oder die üblichen Wochen hinter Gittern. Diesmal war es Kerker. Einzelhaft. Ein ganzes Jahr lang Trennung von der Familie. So erreichte der Graf, was er erreichen wollte: Er hatte deinen Vorfahren die Angst tief bis in die letzten Winkel ihrer Seelen gejagt. Diese Angst durchdrang sie so unerbittlich, dass sie deine Ahnen schließlich eintauschten. Und zwar gegen einen Zustand, den der Graf, weil er es nicht besser wusste, Freiheit nannte. Innerhalb von drei Jahren mussten deine Vorfahren Wälder roden, steinige Wiesen urbar machen, Sümpfe trockenlegen und danach – und das war das Schlimmste für sie – danach mussten sie Häuser errichten und sesshaft werden. Für immer. Kein Herumtreiberleben mehr, vorbei mit den Reisen und dem sittenlosen Dasein, wie der Graf es nannte. Diesmal kamen deine Verwandten nicht mit Haft davon, diesmal war es Sesshaft.

Zwei, drei und vier Joch großer, karger Grund wurde ihnen geboten – einzutauschen gegen endlose Freiheit und den Besitz von allem, was Gott je für sie hat wachsen und gedeihen lassen auf Erden. Das Einzige, mein kleiner Fuchs, was deinen Vorfahren erhalten bleiben sollte, war der Hunger. Er sollte mit einziehen in das kleine Häuschen, das sie zu bauen hatten. Der Hunger, da waren sie sicher, würde bei ihnen bleiben, als steter Begleiter. Denn der steinige Boden, das war bald gewiss, würde zu wenig abgeben, würde geizig sein beim Verteilen seiner Früchte. Zudem waren hier heroben, im nördlichsten Zipfel des Waldviertels, die Sommer allzu kurz, die Winter hingegen hart und lang.

Das war auch der Grund, warum sich dein Urahn eines Abends nach der Arbeit davonmachte und nicht wie die anderen Männer zu seiner Familie zurückkehrte, in die notdürftig errichtete

Holzbaracke, wo alle Frauen und Kinder warteten, gleichsam lebendes Pfand des Grafen für die Rückkehr der Männer. Dein Vorfahre glitt unbemerkt vom schmalen Pfad ab, den er und die anderen Männer in den letzten Monaten geschlagen hatten, tauchte ein in den nach Sommer duftenden Jungwald und wollte nach einem Flecken Erde Ausschau halten, der satter war und üppiger als die vom Grafen zugeteilten Parzellen.

Nach Stunden des Herumirrens im Wald beschloss er umzukehren. Er konnte sich nur noch am Schein des Mondes orientieren, zudem schmerzte sein Magen – teils weil er beinahe leer war, teils wegen der Beeren und Schwammerln, die er im Heißhunger blindlings verschlungen hatte, und die nun in seiner Magengrube ihre Gaukeleien trieben. Die wilden Früchte des Waldes waren es wohl auch, die den Geist deines Urahns verrückt hatten. »Was irrst du hier herum?«, fragte er sich und gab sich im Stillen die verzweifelte Antwort: »Ich will doch nur einen Flecken finden, der windgeschützt ist und dessen Erde sich bereitwillig auftut, um zu nehmen, und die sich auch wieder bereitwillig auftut, um zu geben.« Kaum hatte er diese Hoffnung zu Ende gedacht, eröffnete sich vor ihm eine Lichtung. Der Wald zeichnete ihre traumhaften Umrisse und der Mond warf sanftes Licht auf üppiges Geflecht, auf Kräuter und auf eine Wiese mit sattem, frischen Gras. Dein Urahn jauchzte vor Freude und rannte los. Er schrie »Danke! Danke!« und warf seine Hände zum Himmel. Nach wenigen Metern versank er im Moor.

Als er aufgehört hatte zu schreien und das Moor begann, ihm die Luft zu rauben, vernahm er eine tiefe, ruhige Stimme: »Du hast mich gesucht und nun hast du mich gefunden«, sagte der Moorgeist zu ihm. »Du wolltest Erde, die nimmt, und Erde, die gibt. Nun nehme ich. Und ich verspreche dir, auch wieder zu geben. Ich werde deine Kinder und deine Frau wärmen und ihnen Nahrung sein.« Nach diesen Worten nahm der Moorgeist deinem Vorfahren die Angst und zog ihn zu sich.

Schon am Tag darauf stellte sich heraus, dass der Moorgeist Wort gehalten hatte. Denn unweit der Stelle, an der dein Vorfahre vom Moor verschluckt worden war, ließ der Graf fortan Torf stechen.

Torf, mit dem die Öfen der Siedlung befeuert wurden und dessen Ertrag dank des gräflichen Zubrots ausreichte, Frau und Kinder deines Urahns zu ernähren.

Ich weiß, du kennst diese Geschichte schon, mein kleiner, schlauer Fuchs. Unzählige Male habe ich sie dir erzählt, so wie die vielen anderen Geschichten auch. Aber du weißt, warum ich all das nun noch einmal wiederhole, nicht wahr? Du weißt, warum ich die alten und uralten Geschichten unserer Vorväter noch einmal hervorkrame aus meinem Schädel. Freilich weißt du es, mein kleiner, schlauer Fuchs: Es wird nicht mehr lange sein, dann werde ich diese Welt verlassen, um in eine andere zu gehen. Ich spüre schon, wie ich der Erde zuwachse. Tag für Tag ein Stückchen näher. Bald werde ich sie nähren, wie sie mich ein Leben lang genährt hat. Das ist der Lauf der Dinge.

Du bist der Letzte und Jüngste unserer Sippe. Nur dir erzähle ich all die Geschichten und Weisheiten. Nur dir vertraue ich all mein Wissen an, wie es Sitte ist bei uns, seit jeher: vom Ältesten zum Jüngsten. Es ist ein jahrhundertealtes Wissen, ein Wissen, das von unseren Ahnen und Urahnen gesammelt wurde, und das es zu hüten gilt wie einen sehr wertvollen Schatz. Und ich sehe an deinen Augen, dass dieser Schatz gut bei dir aufgehoben ist, mein kleiner, schlauer Fuchs.

2.

Lillis Wehen wurden immer stärker, doch das ließ sie die beiden Gendarmen nicht merken. Sie hatte die Beine unter ihrem langen, schweren Rock versteckt, hockte am staubigen Boden, den Rücken ans Wagenrad gelehnt, und sah in zwei pausbäckige Gesichter, die von Fusel und Schweinefett aufgedunsen waren. Als der kleinere der beiden zu reden begann, schoben sich die Falten seines Doppelkinns übereinander wie die Lappen einer alten, speckigen Ziehharmonika. »Verschwindet sofort vom Gemeindegebiet, wenn ihr keine Wandererlaubnis und kein Hausierbuch habt«, keifte er, nahm den Holzknüppel von seinem Gürtel und ließ ihn ein paar Mal lässig in die flache Hand klatschen. Lilli hatte keine Angst. Sie war zornig, und das war der Grund, warum sie erwog, die beiden zu verhexen. Sie hätte ihnen Kröpfe wachsen lassen können oder eitrige Furunkel. Beides womöglich. Freilich wusste sie, dass das Kraftverschwendung wäre, denn der Zauber würde keinesfalls rasch genug wirken, um die Gendarmen zu vertreiben. Weit schwerer aber noch wog, dass sie die Flüche viel, sehr viel Kraft kosten würden. Kraft, die ihr und ihrem Ungeborenen, das immer heftiger nach draußen ins Leben drängte, bei der nahen Geburt fehlen würde. Und dennoch war die Versuchung für Lilli groß, die beiden Fettwänste für ihre Gemeinheit noch mehr zu strafen als es Gott, für jedermann offensichtlich, ohnehin bereits getan hatte.

»Ist schon in Ordnung«, sagte da Lillis Mann, der ihren Holzkarren zur Nachtrast am Tag davor in alter Übung und mit Vorbedacht an einem Grenzstein angehalten hatte. »Komm Lilli«, sagte er in ruhigem, fröhlichem Ton, »steh auf, wir rücken ein bisschen herüber auf Zwettler Boden, zur anderen Gemeinde.«

Es hatte schon Nächte gegeben, in denen es bis zum Morgengrauen so ging: von einer Gemeinde in die andere, und wieder retour. Für die beiden Gendarmen war der einfache Trick neu. Die rasche Lösung der Angelegenheit irritierte sie. Also setzten sie sich einige Meter neben dem Karren der

Jenischen ins Gras, und es dauerte eine Weile bis sie schließlich begreifen mussten, dass ihnen nun von Gesetzes wegen keinerlei Handhabe mehr gegen die Fahrenden blieb. Für Lilli dauerte die Nachdenkpause der beiden zu lange. Ihr Kind wollte nicht länger warten. Und da die beiden Gendarmen keine Anstalten machten, sich auch nur ein paar Zentimeter von der Stelle zu bewegen, lief sie, ihren prallen Bauch mit den Händen haltend, auf den nahen Hügel und verschwand hinter ein paar Haselnusssträuchern. Keine halbe Pfeifenlänge verging, da tauchte sie wieder auf. Ihr Mann, ihre Kinder und die beiden Gendarmen sahen sie vom Hügel herunterkommen. Ihre nackten Füße schienen über die Wiese zu schweben. Ihre Sohlen streichelten vom Himmel her das Gras. Ihr offenes, rabenschwarzes Haar war eins mit dem Wind und ihre goldenen Ohrringe glänzten im Sonnenlicht. Sie hatte ihren knöchellangen, schmetterlingsbunten Rock nach oben gerafft, sodass man ihre schönen Beine bis weit über die Knie sehen konnte. Lillis Gesicht war Entspannung und ihr Lachen der Frühling. Im Rock trug sie ihren Sohn. Zu Ehren des Ururgroßvaters, der einst im Moor versunken war, als er für die Familie Land gesucht hatte, sollte er Franz heißen.

Fünf Wochen war es nun her, dass sie von Amaliendorf aufgebrochen waren. Während der ersten Frühlingstage hatten sie ihr Hab und Gut und all die Tandlerwaren, die in den letzten Monaten fabriziert worden waren, auf den Karren gepackt. Sie hatten ihrem guten, alten, zotteligen Hund das Geschirr umgelegt, damit er beim Ziehen helfen konnte, und waren Richtung Süden aufgebrochen. Den ganzen langen Winter über hatten die Frauen und Mädchen aus unansehnlichen Fetzen, aus Stoff- und Wollresten bunte Kleider, hübsche Schürzen und Tischdecken, schöne Westen und Umhänge gezaubert, hatten gestrickt und gehäkelt. Hatten die unzähligen getrockneten Heilkräuter sortiert, die sie im Wald und im Moor gesammelt hatten, bevor der Schnee die Landschaft so fest einschloss, als wollte er sie nie wieder freigeben. Sie hatten die Kräuter im hölzernen Mörser zerstampft und sie anschließend fein säuberlich in kleine Stoffsäckchen verschnürt. Die Männer und die Buben wiederum hatten Holz mit Flacheisen und Feilen bearbeitet, auf dass handelbare Holzschuhe daraus würden, sie hatten unzählige Besen gebunden, mehrere Dutzend Körbe und Schwingen geflochten und kurzstielige Pfeifen geschnitzt.

Gemeinsam war die ganze jenische Sippschaft bei der Arbeit in der kleinen Stube zusammengehockt, dem einzigen Zimmer im Haus, das dank des behelfsmäßigen Ofens und des darin verheizten Torfs zumindest so warm gehalten werden konnte, dass man den eigenen Atem nicht mehr sah. Was aber noch behaglicher wärmte, waren die Geschichten und Märchen, die von der Ältesten erzählt wurden. Sie war die Einzige, die nicht Hand anlegte, und dennoch durfte sie am nächsten zum Ofen sitzen. Ihr Zutun war nämlich nicht minder wichtig für das Gelingen der Arbeiten, und das war allen bewusst. Um aber ganz sicher zu gehen, erwähnte die Alte eine ihrer Weisheiten besonders häufig: »Alles Gute, was man tut, ist seines Lohnes wert«, beendete sie viele ihrer Geschichten und beobachtete mit Wohlgefallen das stumme Nicken der anderen.

Als Lilli und ihr Mann samt den Kindern und

dem Ungeborenen aufgebrochen waren, war ihr Karren so hoch mit Hausrat und anderen Handelswaren beladen, dass zu fürchten stand, der klapprige Wagen könnte beim erstbesten Windstoß oder beim nächsten Schlagloch umkippen. Nahrung hingegen führten sie kaum bei sich. Für nur drei Tage wurde Proviant geladen. Mehr sollte schließlich und endlich auf der Reise erbettelt oder vorteilhaft gegen Ware eingetauscht werden.

Beim Abschied von den anderen, die in den nächsten Monaten die kargen Felder zu bewirtschaften haben würden, flossen Tränen. Ein Wiedersehen würde es erst in gut einem halben Jahr geben, dann, wenn die Tage fürs Herumziehen zu kurz und zu kalt würden, dann, wenn bald die Raunächte übers Land kämen, knapp vor dem nächsten Winter – also noch lange, lange nicht. Denn dieser Winter war gerade erst dabei, sich widerwillig zu verabschieden, mit den letzten Schneeresten, die an den Wegböschungen der schwachen Sonne trotzten.

Bevor der Wagen losrollte, umarmten einander alle, und die Älteste steckte Lillis Mann beim Abschied einen alten, zusammengeschrumpelten Erdapfel in die Manteltasche. Worte verlor sie darüber keine.

* * *

Die Herkunft der Jenischen ist nicht restlos geklärt. Vermutet wird, dass sie, anders als andere Zigeunerstämme, etwa Roma und Sinti, europäischen, womöglich keltischen, Ursprungs sind. Zudem stießen im Laufe der Jahrhunderte Menschen zum Volk der Jenischen, die wegen Hunger, Armut, Krieg, Massenkrankheiten oder Realteilung zur Wanderschaft gezwungen waren. Im Mittelalter sah sich etwa ein Fünftel der Menschen genötigt umherzuziehen, im 17. und 18. Jahrhundert gar ein Viertel. Noch im 19. Jahrhundert waren es etwa zehn Prozent. Bei den Jenischen unter ihnen wurde aus der Not des Reisens eine Tugend, sowie ureigenste Tradition und Lebensform. Ihr Brot verdienten sich die Jenischen als Handwerker, Kesselschmiede, Pfannenflicker, Korbflechter und Besenbinder, Bettler, Hausierer mit Waren aller Art, als Schausteller, Wahrsager, Kräuterfrauen, Kartenleger, Seiltänzer, Bärentreiber, Vogelhändler, Zirkusbetreiber, Drehorgelspieler und mit vielen anderen Tätigkeiten.

Heute gibt es in Europa Schätzungen zufolge zwi-

schen 250 000 und 1,5 Millionen Jenische. Eine
Gruppe davon sind zum Beispiel die Tinkers in Ir-
land, Schottland und England. Ihre Sprache (Shelta)
ist die reinste Form des noch gesprochenen Keltischen.
Jenische leben aber unter anderem auch in Frank-
reich, Spanien, Italien, der Schweiz, Norwegen,
Schweden, Finnland, Deutschland, Tschechien, der
Slowakei, Ungarn und in Österreich.

Die Jenischen haben eine eigene Sprache, mit der
sie sich über alle Landesgrenzen hinweg untereinan-
der verständigen können. Bedeutung und Herkunft
des Wortes »Jenisch« sind strittig. Die Wortwurzel
könnte im Romanes liegen und die Sprache der Wis-
senden und Eingeweihten bezeichnen. Aller Wahr-
scheinlichkeit nach ist Jenisch eine Mischung aus
Keltisch, Romanes, Jiddisch sowie regional gefärbten
Wortkreationen. Jenisch hat keine eigene Gramma-
tik, allerdings einen großen Wortschatz. Die Fahren-
den verwendeten und verwenden Jenisch als Geheim-
und Berufssprache.

* * *

Die Götter verließen deine Ahnen keinen einzigen Tag. Während ihrer ganzen langen Reise
nicht. Ab dem Tag, an dem die Familie von Ama-

liendorf aufgebrochen war, stand sie unter ihrer Obhut. Und weißt du warum, mein kleiner, schlauer Fuchs? Weil ihnen die Älteste der Sippe einen Glückserdapfel mitgegeben hatte, so wie es noch heute Brauch ist, hier heroben, bei uns im Waldviertel. Den Erdapfel hatte sie im Sommer ausgegraben. Und ab diesem Moment, ab dem Augenblick, an dem dieser Erdapfel dem sonnengetrockneten Acker entnommen worden war und die groben Hände der Alten ihn zum ersten Mal befühlt hatten, bekam er die Aufgabe, der Familie beizustehen. Alleine mit diesem Gedanken fütterte die Alte den Erdapfel. Immer wenn sie ihn ansah, ihn zwischen ihren Händen rieb und mit ihrem knöchrigen Daumen die grünen Triebe aufs Neue abstreifte, konzentrierte sie sich darauf, dass dieser Erdapfel dazu bestimmt war, Glück zu bringen. Vielleicht hundert Mal wurde der Erdapfel auf diese Art von der Alten mit Liebe und Energie aufgeladen. Je älter und somit kleiner, runzeliger und härter er wurde, desto mehr Kraft wohnte in ihm.

Als er schließlich gut ein halbes Jahr später in die Rocktasche von Lillis Mann plumpste, war er kein gewöhnlicher alter Erdapfel. Er war Schutzschild und Glücksbringer zugleich: Er bewahrte seinen Besitzer und dessen Liebste vor dem schlimmsten Unglück und half dem Glück etwas nach, wenn es nötig war. Außerdem stand die Familie dank des Erdapfels stets unter dem Schutz der Ältesten. Wenn sie sich einmal alleine fühlten, nahmen sie den Erdapfel, reichten ihn in der Runde herum, ließen ihn zwischen ihren Fingern tanzen, befühlten ihn, rochen an ihm, nahmen ihn fest in ihre Faust: Lilli, ihr Mann und die Kinder. Und dann wussten sie, dass die Älteste und mit ihr die ganze Sippe bei ihnen war. Dann wussten sie, dass alles gut war und dass ihnen nichts geschehen konnte.

Ich finde es schön, dass du nicht lachst, wenn ich dir diese Geschichte erzähle, mein kleiner, schlauer Fuchs. Als ich sie dir das erste Mal erzählte, konntest du dein Kichern nicht zurückhalten. Doch inzwischen bist du älter geworden und ich weiß, dass auch du die Kraft des Glückserdapfels mittlerweile zu schätzen weißt.

Kannst du dich noch erinnern, wann der Erdapfel auf dieser Reise zum ersten Mal seine Wirkung tat?

Zum ersten Mal schüttete er Glück aus, als ihn Lillis Mann kurz nach der Abreise in seiner Rocktasche entdeckte. Als er nach seiner Pfeife greifen wollte, rollte ihm der Erdapfel in die Hand. Kaum hatten seine Finger das runzelige Etwas ertastet, begriff er: Die Älteste hatte an ihn und seine Familie gedacht. Sie hatte einen Glückserdapfel reifen lassen, auf dass ihnen nichts geschehen konnte, auf dass sie wohl behütet seien. Lillis Mann durchrieselte das Glück. Er behielt die Hand in der Tasche, umfasste den Erdapfel, und mit einem Mal ließ sich der Wagen leichter ziehen, mit einem Mal war die Angst verflogen, die ihn die letzten Kilometer begleitet hatte, und der Zweifel, ob diese Wanderschaft nicht zu beschwerlich sein würde für seine schwangere Frau und die kleinen Mädchen. Nein, nun war alles gut. Mit einem Mal war er voller Zuversicht. Als er sicher war, dass seine Augen nicht mehr allzu sehr glänzten, hielt er an, drehte sich zu Lilli um, die mit den Kleinen am Karren saß, lachte sie an und sagte: »Ich liebe dich.« Ab diesem Moment hatte auch Lilli keine Angst mehr.

Ja, mein kleiner Fuchs. Das war das erste Mal, dass der Erdapfel seine Wirkung getan hatte.

Wenige Wochen später, es war im Morgengrauen, da setzten Lillis Wehen ein. Und bald darauf, als die Sonne eine Handbreit über den Wipfeln stand, fiel ein gesunder, kräftiger Bub aus Lillis Schoß. »Wurde auch Zeit«, sagte ihr Mann und lachte, als ihm Lilli nach drei Mädchen den ersten Buben entgegenstreckte.

So leicht die Geburt dank der wochenlang zuvor eingenommenen Kräutermixturen und der aufgetragenen Heilsalben verlief, so mühsam zäh verrann die Zeit knapp davor. Denn deine Vorfahren waren von zwei Gendarmen aufgehalten worden, die Streit anfangen wollten. Deine Ahnen wussten nach nur wenigen Augenblicken, dass es sich um armselige und mit sich selbst unzufriedene Menschen handelte. Sie verrieten sich, wie sich alle unglücklichen Kreaturen verraten: durch Hass, Wichtigtuerei und Neid. Gottlob hatte sich Lillis Mann schon viel Lehrreiches von der Ältesten abgeschaut und darum wusste er, wie zu handeln war. Es ist sinnlos, solche Menschen bekehren zu wollen, denn das provoziert sie nur und ist der Mühe nicht wert. Unnütz ist es auch, mit der Faust zu antworten, das verlängert nur den Ärger. Also ging Lillis Mann den Weg des Raben. Du weißt doch: Der Rabe ist unscheinbar, er trägt kein buntes Kleid. Und doch steckt er voller Intelligenz und eleganter List. Lillis Mann machte nicht viel Aufsehen. Er ging sowohl mit seinen Nerven als auch mit seinen Muskeln sparsam um. Er tat nicht mehr und nicht weniger, als nötig war: Er zog seinen Karren ein paar Meter über die Gemeindegrenze – und damit aus dem geistigen Horizont der plötzlich nicht mehr zuständigen Gendarmen.

Auch Lilli hatte viel von der Ältesten mitgegeben bekommen. Eine Gabe, die besonders hervorstach, hatte sie allerdings bereits in die Wiege gelegt bekommen: das Hexen. Hexen ist, wie du weißt, mein kleiner, schlauer Fuchs, ein durchaus brauchbares Geschenk der Götter. Mit Hexerei wurden schon viele brave Menschen von Unheil befreit, und etliche böse Menschen wurden in ihrem zerstörenden Treiben gebremst. Allerdings ist die Hexerei eine Kunst, die nicht nur Können verlangt, sondern, und das ist zumindest ebenso wichtig, große Weisheit. Mit der war deine Ahnin aber leider nicht gesegnet. Lilli war ungestüm und allzu jähzornig. Und so schleuderte sie ihre Verwünschungen ebenso wahl- und ziellos durch die Gegend, wie Zeus seine Blitze an einem schwülen Sommerabend. Weil sie dafür von ihrem Mann oft gescholten wurde, verschwieg ihm Lilli bald ihre Hexereien, die ihr, sobald sie ihr entfahren waren, oft selbst nicht ganz koscher waren. Und so kam es, dass sich auf ihrer Reise erst am Rückweg zeigte, wo Lilli Monate zuvor Ärger bereitet worden war: Es wimmelte nur so von ehemals gemeinen Gendarmen, geizigen Bauern, rabiaten Bürgern und lüsternen Burschen, die ihnen, nun sehr stumm und das Gesicht rasch abwendend, mit Eiterbeulen, Furunkeln und Geschwüren wieder begegneten.

Als sich diese Wiedersehen einige Male zugetragen hatten, fragte Lillis Mann nicht mehr nach den Gründen für die Verwünschungen. Er rügte seine Frau auch nicht mehr. Er drehte sich nur kurz nach Lilli um, die gerade wie zufällig wegsah, schüttelte den Kopf und steuerte auf den jeweils armseligen Tropf zu. Lilli wusste dann, was sie zu tun hatte, um ihren Mann zu besänftigen. Sie sprang vom Karren und gab heilende Salbe, lindernde Kräuter und schmerzstillendes Wurzelpulver. Wieviel Geld sie den Gadsche* dafür abknöpfte, erzählte sie ihrem Mann nicht. Sie tat die Einnahmen einfach in die gemeinsame Schatulle. So falle ihr Geschäft mit den zuerst aus Zorn verhexten und dann aus Liebe – Liebe freilich nur zu ihrem Mann – geheilten Opfern nicht auf, dachte sie.

Zu verheimlichen versuchte sie ihrem Mann auch, wie sehr die vielen Verwünschungen sie auszehrten, wie viel Seelenkraft sie sie kosteten – auch die rettenden Gegenzauber, die neben den Tinkturen und Mixturen für eine Heilung unabdingbar waren.

Dass Lilli zu spät die nötige Ruhe und Weisheit fand und zu lange verschwenderisch mit ihrer Gabe und ihrem Ärger umgegangen war, zeigte sich, als sie schon nach vierzig Wintern schwer krank wurde und ihren Körper mit jenen Furunkeln, Beulen und Geschwüren übersät fand, die sie einst anderen an den Hals und wer weiß wo sonst noch hin gewünscht hatte. Als ihre teils erwachsenen Kinder sie knapp vor ihrem Tod fragten, wie

* Gadscho (Sing.), Gadsche (Plur.) – Sesshafte, Nicht-Zigeuner

dieses Unheil nur über sie kommen konnte, da sie doch besser als alle anderen mit Hexerei, Heilkräutern und Kobolden umzugehen wisse, hieß Lilli ihre Kinder eine einfache Übung sehr, sehr sorgfältig zu machen. »Lasst eine Eisenkugel auf eine Marmorplatte fallen«, sagte sie und lächelte bitter.

Hast du das schon einmal gemacht, mein kleiner, schlauer Fuchs? Hast du schon einmal eine Eisenkugel auf eine Marmorplatte fallen lassen? Es ist eine sehr lehrreiche Lektion über Aktion und Reaktion. Denn merke dir, mein kleiner Fuchs: Alles, was du im Leben tust, hat Konsequenzen. Für dich und für deine Umwelt. Mag es dir noch so klein und nichtig erscheinen – mit allem, was du tust, bist du Quell für Neues. Und das Schöne ist: Du bekommst jeden Tag, ja sogar jede Minute, das Geschenk, dich für Gut statt Böse, für Liebe statt Hass zu entscheiden.

Unsere Urahnin Lilli hat sich nach ihrem Tod ganz dem Guten zugewandt. Als Mulo* konnte sie zwar

* Mulo – Totengeist

noch eine Generation lang das Hexen auf Erden nicht lassen, und sie mischte sich immer wieder in den Lauf der diesseitigen Dinge ein. Doch stets tat sie es in großer Weisheit und Liebe. Und nie wieder zu irgendjemandes Schaden.